Jeunesse

MON BEL
ORANGER

José Mauro de Vasconcelos

MON BEL ORANGER

HISTOIRE D'UN PETIT GARÇON QUI, UN JOUR, DÉCOUVRIT LA DOULEUR

Traduit du brésilien
par Alice Raillard

Illustrations :
Marie Mallard

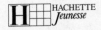

HACHETTE *Jeunesse*

Du même auteur dans
Le Livre de Poche Jeunesse

Allons réveiller le soleil
Le Palais japonais

Pour les vivants :
Ciccilo Matarazzo
Mercedes Cruañes Rinaldi
Erich Gemeinder
Francisco Marins
      et
Arnaldo Magalhães de Giacomo
   et aussi pour
Helene Rudge Miller (Piu-piu !)
   Sans oublier mon « fils »
Fernando Semlinsky

À mes morts :
Ma pensée mélancolique pour mon
frère Luís, le Roi Luís, et ma sœur Glória ;
Luís a renoncé à la vie à vingt ans
   et Glória à
vingt-quatre ans a considéré aussi
qu'il ne valait pas la peine de vivre.

Mon cœur nostalgique aussi pour Manuel Valadares
qui enseigna à mes six ans
   le sens de la tendresse...

— Que tous reposent en paix !...

   et maintenant
Dorival Lourenço da Silva
   (Dodo, ni la tristesse, ni la mélancolie ne tuent !...)

PREMIÈRE PARTIE

1

À la découverte
des choses

La main dans la main, nous marchions dans la rue, sans nous presser. Totoca m'apprenait la vie. Et moi, j'étais très content parce que mon frère aîné me donnait la main et m'apprenait les choses. Il m'apprenait les choses hors de la maison. Parce qu'à la maison je m'instruisais en faisant mes découvertes tout seul, et en les faisant seul je me trompais, et en me trompant je finissais toujours par recevoir une fessée. Avant, personne ne me battait. Mais ensuite ils découvrirent les choses et ils passaient leur temps à dire que j'étais le diable, que j'étais une peste, un maudit chat de gouttières. Je ne m'en préoccupais pas. Si je n'avais pas été dans la rue, je me serais mis à chanter. C'est joli de chanter. En plus de chanter, Totoca savait faire autre chose, il savait siffler. Mais j'avais beau l'imiter, il ne sortait rien. Il m'encouragea en me disant que c'était comme ça, mais que je n'avais pas encore une bouche de siffleur. Et comme je ne pouvais pas chanter tout fort, je chantais en dedans. C'était drôle mais ça pouvait être très agréable. Je me rappelais une chanson que maman chantait quand j'étais tout petit petit. Elle était au lavoir avec un foulard noué sur la tête pour se protéger du soleil. Elle avait un tablier attaché sur le ventre et elle restait là des heures et des heures, les mains dans l'eau, en faisant beaucoup de mousse avec le savon. Ensuite, elle tordait le linge et le portait jusqu'à la corde. Elle suspendait tout sur la corde qui était fixée à un bambou. Elle faisait de même avec tout le linge. Elle lavait le linge de la famille du docteur Faulhaber pour aider aux dépenses de la maison. Maman était grande, maigre mais très jolie. Elle avait un beau teint brun et des cheveux noirs et lisses. Quand elle laissait ses cheveux dénoués ils descendaient jusqu'à la taille. C'était très joli quand elle chantait et je restais à côté d'elle pour apprendre :

Ô mon marin, mon marin
Ô marin de mes soupirs
C'est pour toi, mon marin,
Que demain je vais mourir...

Les flots étaient agités.
Les vagues roulaient sur le sable.
Mon marin s'en est allé
Lui que j'avais tant aimé...

Hélas, l'amour du marin
Est amour d'une demi-heure
Le navire a levé l'ancre
Mon marin s'en est allé...

La mer était agitée...

Maintenant encore cette chanson me rendait d'une tristesse que je n'arrivais pas à comprendre.

Totoca me donna une bourrade. Je me réveillai.

« Qu'est-ce que tu as, Zézé ?

— Rien. Je chantais.

— Tu chantais ?

— Oui.

— Alors je dois devenir sourd. »

Est-ce qu'il ne savait pas qu'on peut chanter en dedans ? Je ne dis rien. S'il ne le savait pas, je ne lui apprendrais pas.

Nous étions arrivés au bord de la route Rio-São Paulo. Il y passait de tout. Des camions, des automobiles, des charrettes et des bicyclettes.

« Attention, Zézé, c'est important. D'abord, tu regardes bien, tu regardes à droite et à gauche. Allons-y. »

Nous traversâmes la route en courant.

« Tu as peur ? »

Bien sûr, j'avais eu peur mais je fis signe que non avec la tête.

« Nous allons retraverser encore une fois ensemble. Ensuite, je verrai si tu as appris. »

Nous retraversâmes.

« Maintenant toi tout seul. »

Mon cœur battit plus vite.

« C'est le moment. Vas-y. »

Je m'élançai presque sans respirer. J'attendis un peu et il me donna le signal pour revenir.

« Pour une première fois, c'était très bien. Mais tu as oublié une chose : tu dois regarder des deux côtés, s'il n'arrive pas de voiture. Je ne serai pas toujours là pour te donner le signal. Au retour on s'entraînera encore. Maintenant, continuons, je veux te montrer quelque chose. »

Il prit ma main et nous repartîmes tranquillement. J'étais préoccupé par une conversation.

« Totoca.

— Quoi ?

— L'âge de raison, ça se sent ?

— Qu'est-ce que c'est que cette bêtise ?

— C'est l'oncle Edmundo qui m'en a parlé. Il a dit que j'étais précoce et que j'aurais bientôt l'âge de raison. Et je ne sens pas de différence.

— L'oncle Edmundo est un nigaud. Il passe son temps à te fourrer des choses dans la tête.

— Il n'est pas nigaud. Il est savant. Et quand je serai grand, je veux être un savant et un poète, et porter un nœud papillon. Je me ferai photographier avec mon nœud papillon.

— Pourquoi un nœud papillon ?

— Parce qu'on n'est pas poète sans nœud papillon. Quand l'oncle Edmundo me montre des photos de poètes dans les revues, ils ont tous un nœud papillon.

— Zézé, cesse de croire tout ce qu'il te dit. L'oncle Edmundo est à moitié maboul, un peu menteur.

— Alors, c'est un fils de p... ?

— Écoute, tu as déjà reçu des tapes sur le nez pour avoir dit des gros mots : l'oncle Edmundo n'est pas ça. J'ai dit maboul, à moitié fou.

— Tu as dit qu'il était menteur.

— Ça n'a rien à voir.

— Si. L'autre jour, papa pariait avec seu[1]

_____
1. Prononcer à peu près « Séou ».

Severino, celui qui joue à *l'escopa* et à la manille avec lui, et il a dit à propos de seu Labonne : "Ce vieux-là, ce fils de p..., c'est un sale menteur...", et personne ne lui a tapé dessus.

— Les grandes personnes peuvent le dire, ça n'a pas d'importance. »

Il y eut un silence.

« L'oncle Edmundo n'est pas... Qu'est-ce que c'est exactement maboul, Totoca ? »

Il fit tourner son doigt sur sa tempe.

« Non, ce n'est pas vrai. Il est très gentil, il m'apprend des choses et jusqu'à maintenant il ne m'a donné qu'une fessée, et pas très forte. »

Totoca bondit.

« Il t'a donné une fessée ? Quand ?

— Un jour où j'étais très sot, alors Glória m'avait envoyé chez Dindinha. Lui, il voulait lire le journal mais il ne trouvait pas ses lunettes. Il les cherchait partout en râlant. Il a interrogé Dindinha, rien. Ils ont mis la maison sens dessus dessous tous les deux. Alors j'ai dit que je savais où elles étaient et que s'il me donnait un sou pour acheter des billes, je le dirais. Il alla chercher un sou dans son gilet. "Va les chercher, je te le donne." Je suis allé les prendre dans le panier de linge sale. Alors il m'a grondé : "C'était encore toi, galopin." Il m'a donné une tape sur le derrière et il m'a pris le sou. »

Totoca rit.

« Tu vas là-bas pour qu'on ne te gronde pas à la maison et tu te fais gronder pareil. Dépêchons-nous sans quoi on n'arrivera jamais. »

Je continuais à penser à l'oncle Edmundo.

« Totoca, les enfants c'est des retraités ?

— Quoi ?

— L'oncle Edmundo ne fait rien et il reçoit de l'argent. Il ne travaille pas et la mairie le paie chaque mois.

— Et alors ?

— Les enfants ne font rien, ils mangent, ils dorment et ils reçoivent de l'argent de leurs parents.

— Retraité, c'est différent, Zézé. Retraité, c'est quand on a beaucoup travaillé, qu'on a des cheveux blancs et qu'on marche très lentement comme l'oncle Edmundo. Mais assez pensé à des choses compliquées. Si tu aimes apprendre des choses avec lui, va le voir. Mais avec moi, non. Sois comme les autres enfants. Dis même des gros mots mais cesse de remplir ta petite cervelle de choses compliquées. Sinon, je ne sors plus avec toi. »

J'étais vexé et ne voulus plus parler. Je n'avais pas davantage envie de chanter. Mon oiseau qui chantait au-dedans de moi s'envola. Nous nous étions arrêtés et Totoca me montrait une maison.

« La voilà. Elle te plaît ? »

C'était une maison ordinaire. Blanche avec des volets bleus. Elle était toute fermée et silencieuse.

« Elle me plaît. Mais pourquoi doit-on déménager ici ?

— C'est bien de toujours déménager. »

À travers la haie on voyait qu'il y avait d'un côté un manguier et de l'autre un tamarinier.

« Toi qui veux tout savoir, tu n'as pas découvert le drame qui se passe à la maison ? Papa est sans travail, n'est-ce pas ? Il s'est disputé avec Mr. Scottfield il y a plus de six mois et on l'a mis à la porte. Tu n'as pas vu que Lalà a commencé à travailler à la fabrique ? Tu ne sais pas que maman va travailler à la ville, au Moulin anglais ? Eh bien, petit nigaud, tout ça c'est pour économiser de l'argent et payer le loyer de cette nouvelle maison. L'autre, papa doit au moins huit mois. Tu es bien petit pour savoir toutes ces choses tristes. Mais moi aussi il va falloir que je serve la messe pour aider à la maison. »

Il y eut un silence pendant quelques instants.

« Totoca, est-ce qu'on amènera ici la panthère noire et les deux lions ?

— Bien sûr que oui. Et l'esclave que voici devra démonter le poulailler. »

Il me regarda avec un peu de pitié et aussi d'affection.

« C'est moi qui vais démonter le jardin zoologique et l'installer ici. »

J'étais rassuré. Parce que, sans ça, j'aurais dû inventer une nouvelle chose pour jouer avec mon plus jeune frère : Luís.

« Bon, tu as vu que j'étais ton ami, Zézé. Maintenant, tu peux bien me raconter comment tu es arrivé à ça...

— Je te jure, Totoca, que je ne sais pas. Je ne sais vraiment pas.

— Tu mens. Tu as appris avec quelqu'un.

— Je n'ai rien appris. Personne ne m'a appris. C'est peut-être le diable – Jandira dit que c'est mon parrain – qui m'a appris quand je dormais. »

Totoca était perplexe. Au commencement il m'avait même donné des chiquenaudes sur la tête pour que je le lui dise. Mais je ne savais pas quoi lui dire.

« Personne n'apprend ces choses-là tout seul. »

Mais il restait embarrassé car réellement personne n'avait vu personne m'apprendre quoi que ce soit. C'était un mystère.

Je repensais à une chose qui était arrivée la semaine précédente. La famille en était restée ébahie. Ç'avait commencé quand j'allai m'asseoir près de l'oncle Edmundo, chez Dindinha. Il lisait le journal.

« Tonton.

— Qu'y a-t-il, mon petit ?

19

« — Comment est-ce que vous avez appris à lire ? »

Il posa ses lunettes sur le bout du nez comme font toutes les grandes personnes quand elles sont vieilles.

« Quand est-ce que vous avez appris à lire ?

— Quand j'avais six ou sept ans à peu près.

— Et à cinq ans, on peut lire ?

— On peut, bien sûr. Mais personne n'y songe, c'est bien jeune.

— Comment est-ce que vous avez appris à lire ?

— Comme tout le monde, dans l'alphabet. En faisant B et A : BA.

— Tout le monde doit faire comme ça ?

— Oui, que je sache.

— Mais vraiment tout le monde ? »

Il me regarda, intrigué.

« Écoute, Zézé, tout le monde doit faire comme ça. Maintenant, laisse-moi finir de lire. Va voir s'il y a des goyaves au fond du jardin. »

Il remit ses lunettes en place et essaya de se concentrer sur sa lecture. Mais je ne bougeai pas.

« Que c'est triste ! »

Je poussai cette exclamation d'un ton si pénétré qu'il remit ses lunettes sur le bout du nez.

« Ça ne fait rien, quand tu voudras...

— C'est que je suis venu de la maison en courant

comme un fou exprès pour vous raconter quelque chose.

— Eh bien allons, raconte.

— Non. Pas comme ça. Il faut d'abord que je sache quand vous allez recevoir votre retraite.

— Après-demain. »

Il sourit affectueusement en m'observant.

« Et c'est quand, après-demain ?

— Vendredi.

— Alors vendredi, vous ne voulez pas apporter de la ville un Rayon de Lune, pour moi ?

— Doucement, Zézé. Qu'est-ce que c'est un Rayon de Lune ?

— C'est le petit cheval blanc que j'ai vu au cinéma. Son maître, c'est Fred Thompson. C'est un cheval dressé.

— Tu veux que je t'apporte un petit cheval à roulettes ?

— J'en veux un avec une tête en bois et des rênes. On monte dessus et au galop... Il faut que je m'entraîne parce que, plus tard, je veux jouer dans des films. »

Il continua à rire.

« Je comprends. Et si je te l'apporte, qu'est-ce que j'aurai ?

— Je ferai une chose pour vous.

— Un baiser ?

— Je n'aime pas beaucoup les baisers.

— Un câlin ? »

Alors je regardai l'oncle Edmundo avec une pitié infinie. Mon petit oiseau me dit quelque chose tout bas. Et je me rappelai que j'avais souvent entendu raconter... L'oncle Edmundo était séparé de sa femme et il avait cinq enfants... Il était si seul et il marchait lentement, lentement... Peut-être qu'il marchait si lentement parce que ses enfants lui manquaient... Et ils ne venaient jamais lui rendre visite.

Je fis le tour de la table et serrai son cou très fort dans mes bras. Je sentis ses cheveux frôler ma tête, tout doucement.

« Ça, ce n'est pas pour le cheval. Ce que je vais faire, c'est autre chose. Je vais lire.

— Tu sais lire, Zézé ? Qu'est-ce que c'est que cette histoire ? Qui t'a appris ?

— Personne.

— Tu me racontes des sornettes. »

Je m'éloignai et, sur le pas de la porte, j'ajoutai :

« Apportez-moi mon petit cheval vendredi et vous verrez si je ne lis pas !... »

Plus tard, quand il fit nuit et que Jandira eut allumé la lampe parce que la Compagnie de l'Électricité avait coupé le courant car nous n'avions pas payé, je me haussai sur la pointe des pieds pour voir l'étoile. C'était une étoile dessinée sur un papier et, dessous, il y avait une prière pour protéger la maison.

« Jandira, soulève-moi dans tes bras, je voudrais lire ça.

— Assez d'inventions, Zézé. Je suis très occupée.

— Allons, porte-moi, tu vas voir si je ne sais pas lire.

— Attention, Zézé, si c'est une farce, tu vas voir. »

Elle me prit dans ses bras et me souleva plus haut que la porte.

« Alors, lis. Que je voie ça. »

Et je lus. Je lus la prière qui demandait aux cieux de bénir et de protéger la maison et d'éloigner les esprits mauvais.

Jandira me déposa par terre. Elle était bouche bée.

« Zézé, tu l'as apprise par cœur. Tu te moques de moi.

— Je te jure que non, Jandira. Je sais lire n'importe quoi.

— On ne peut pas lire sans avoir appris. C'est l'oncle Edmundo, Dindinha ?

— Personne. »

Elle prit une feuille de journal et je lus. Je lus sans faute. Elle poussa un cri et appela Glória. Glória s'émut et alla appeler Alaíde. En dix minutes des tas de gens du voisinage étaient venus voir mon exploit.

C'était ça que Totoca voulait savoir.

« Il t'a appris et il t'a promis le petit cheval quand tu saurais.

— Ce n'est pas vrai, non.

— Je le lui demanderai.

— Demande-le-lui. Je ne sais pas comment c'est arrivé, Totoca. Si je savais, je te le dirais.

— Bon, allons-nous-en. Tu vas voir. Quand tu auras besoin de quelque chose... »

Il prit ma main, vexé, et m'entraîna vers le chemin du retour. À ce moment-là, il pensa à quelque chose pour se venger.

« C'est bien fait ! Tu as appris trop tôt, petit nigaud. Maintenant, tu devras entrer à l'école en février. »

Ça, c'était une idée de Jandira. Ainsi la maison serait en paix toute la matinée et j'apprendrais à me conduire.

« Allons nous exercer sur la route Rio-São Paulo. Tu ne penses pas que toute l'année scolaire je vais être à ton service, passer mon temps à te faire traverser. Toi qui es si savant, tu apprendras vite ça aussi. »

« Voilà ton petit cheval. Maintenant, je veux voir ça. »

Il ouvrit le journal et me montra une phrase de réclame pour un médicament.

24

« Ce produit se trouve dans toutes les pharmacies et les maisons spécialisées. »

L'oncle Edmundo alla appeler Dindinha dans le jardin.

« Maman, même *pharmacie* il l'a lu sans faute. »

Ils se mirent à me donner des choses à lire et je lisais tout. Ma grand-mère grommela que le monde était perdu.

J'eus mon petit cheval et je me jetai à nouveau au cou de l'oncle Edmundo. Alors il me prit le menton et me dit d'une voix émue :

« Tu iras loin, galopin. Ce n'est pas pour rien que tu t'appelles José. Tu seras le soleil et les étoiles brilleront autour de toi. »

Je le regardai sans comprendre en pensant qu'il était vraiment maboul.

« Tu ne peux pas comprendre. C'est l'histoire de *Joseph en Égypte*. Quand tu seras plus grand, je te la raconterai. »

J'étais fou d'histoires. Plus elles étaient compliquées, plus je les aimais.

Je caressai mon petit cheval un long moment puis je levai la tête vers l'oncle Edmundo et je lui demandai :

« La semaine prochaine, vous croyez que j'aurai grandi ? »

2

Un petit pied
d'oranges douces

À la maison chacun des aînés devait s'occuper d'un de ses petits frères. Jandira s'était occupée de Glória et d'une autre sœur qui avait été donnée à des gens du Nord. António était son chouchou. Ensuite, Lalà s'était occupée de moi jusqu'à ces derniers temps. Elle avait même l'air de bien m'aimer, mais ensuite elle en eut assez ou bien c'est qu'elle était trop occupée par son amoureux, un gommeux comme celui de la chanson : en pantalon long et veste courte. Le dimanche, quand on allait faire du footing du côté de la gare (son amoureux disait comme ça), il m'achetait des bonbons que j'aimais beaucoup. C'était pour que je ne dise rien à la maison. Je ne pouvais même pas interroger l'oncle Edmundo, sinon on aurait tout découvert...

Mes deux autres petits frères étaient morts tout bébés et j'avais seulement entendu parler d'eux. On disait que c'étaient deux petits Indiens Pinagés. Bien bruns avec des cheveux noirs et raides. C'est pourquoi on avait appelé la fille Aracy et le garçon Jurandyr.

Enfin venait mon petit frère Luís. C'était surtout Glória qui s'occupait de lui et ensuite moi. Personne, d'ailleurs, n'avait besoin de s'occuper de lui car c'était le petit garçon le plus joli, le plus gentil et le plus sage qu'on ait jamais vu.

C'est pourquoi, lorsqu'il m'adressa la parole de sa petite voix qui prononçait tout sans faute, moi qui m'apprêtais à gagner le monde de la rue, je changeai d'idée.

« Zézé, tu veux m'emmener au jardin zoologique ? Aujourd'hui, il ne risque pas de pleuvoir, n'est-ce pas ? »

Qu'il était mignon, il disait tout sans se tromper. Ce petit-là serait quelqu'un, il irait loin.

Je regardai la belle journée, rien que du bleu dans le ciel. Je n'eus pas le courage de mentir. Parce que quelquefois, quand je n'en avais pas envie, je disais :

« T'es fou, Luís. Tu ne vois pas que l'orage arrive !... »

Cette fois-ci, je pris sa menotte et nous voilà partis pour les aventures dans le jardin.

Le jardin se partageait en trois domaines. Le jardin zoologique. L'Europe qui se trouvait près de la haie bien entretenue de la maison de seu Julinho. Pourquoi l'Europe ? Même mon petit oiseau ne le savait pas. Enfin l'endroit où nous jouions au téléphérique du Pain de Sucre. Je prenais la boîte à boutons et je les enfilais tous sur une ficelle. Ensuite on attachait une extrémité à la haie et Luís tenait l'autre. On mettait en haut tous les boutons et on les laissait glisser lentement un à un. Chaque voiture arrivait pleine de gens connus. Il y en avait un, tout noir, qui était le wagon du nègre Biriquinho. De temps à autre, on entendait une voix dans le jardin voisin.

« Tu n'abîmes pas ma haie, Zézé ?

— Non, dona Dimerinda. Vous pouvez regarder.

— C'est comme ça que je t'aime, jouant gentiment avec ton petit frère. Ce n'est pas mieux ? »

C'était peut-être mieux mais quand mon parrain, le diable, s'emparait de moi, il n'y avait rien de plus agréable que de faire des sottises...

« Vous me donnerez un calendrier à Noël, comme l'année dernière ?

— Qu'as-tu fait de celui que je t'ai donné ?

— Vous pouvez entrer regarder, dona Dimerinda. Il est au-dessus du sac à pain. »

Elle rit et promit. Son mari travaillait au magasin de Chico Franco.

Un autre jeu, c'était Luciano. Au début, Luís en avait une peur terrible et en me tirant par mon pantalon il réclamait de rentrer. Mais Luciano était un ami. Quand il me voyait, il poussait des cris stridents. Glória non plus n'aimait pas ça, elle disait que les chauves-souris sont des vampires qui sucent le sang des enfants.

« C'est pas vrai, Godóia. Luciano n'est pas un vampire, c'est mon ami, il me connaît.

— Toi, avec tes bêtes et ta manie de parler avec les choses... »

J'eus du mal à la convaincre que Luciano n'était pas un animal. Luciano était un avion qui volait dans le *Campo dos Afonsos.*

« Regarde bien, Luís. »

Et Luciano tournoyait au-dessus de nous, heureux comme s'il avait compris ce qu'on disait. Et il comprenait vraiment.

« C'est un avion. Il fait des... »

Je restai coi. Il faudrait que je demande à l'oncle Edmundo de me répéter ce mot. Je ne savais plus si c'était acorbatie, acrobatie ou arcobatie. C'était l'un des trois. C'est que je ne devais pas apprendre à mon petit frère des mots de travers.

Mais maintenant il voulait aller au jardin zoologique. Nous nous étions approchés du vieux poulailler. À l'intérieur, les deux poulettes blanches grattaient le sol et la vieille poule noire était si paisible qu'on pouvait lui caresser la tête.

« Allons d'abord acheter les billets. Donne-moi la main, tu risques de te perdre dans cette foule. Tu vois le monde qu'il y a le dimanche ? »

Il regardait et commençait à distinguer des gens de tous les côtés et il serrait plus fort ma main.

Au guichet, je bombai la poitrine et je toussotai pour me donner de l'importance. Je mis ma main dans ma poche et demandai à l'employée :

« À partir de quel âge paient les enfants ?

— À partir de cinq ans.

— Alors, une entrée, s'il vous plaît. »

Je pris deux feuilles d'oranger en guise de billets et nous entrâmes.

« D'abord, mon petit, tu vas voir les oiseaux, c'est une merveille. Regarde ces perroquets, ces perruches, ces aras de toutes les couleurs. Ceux-là, couverts de plumes multicolores, ce sont les aras arc-en-ciel. »

Et il écarquillait les yeux, en extase.

Nous marchions lentement en regardant tout. Je regardais si bien que je vis aussi, un peu plus loin, Glória et Lalà assises sur des tabourets, qui pelaient des oranges. Les yeux de Lalà me regardaient d'un air... Est-ce qu'elles auraient découvert ? Si oui, ce jardin zoologique allait se terminer par de grands coups de savate sur le derrière de quelqu'un. Et ce quelqu'un ne pouvait être que moi.

« Et maintenant, Zézé, qu'est-ce que nous allons visiter ? »

Un nouveau toussotement et un temps d'arrêt.

« Nous allons passer aux cages des singes. L'oncle Edmundo dit toujours les quadrumanes. »

Après avoir acheté des bananes, nous en jetâmes aux animaux. Nous savions que c'était interdit, mais il y avait tant de monde que les gardiens ne s'en apercevraient pas.

« Ne t'approche pas trop près, ils vont jeter les peaux de bananes sur toi, petitoun.

— Je voudrais surtout voir les lions.

— Nous y arrivons. »

Je lançai un coup d'œil aux deux guenons qui suçaient des oranges. De la cage des lions on pouvait entendre leur conversation.

« Nous y sommes. »

Je lui montrai les deux lions jaunes, de vrais lions d'Afrique. Quand il voulut caresser la tête de la panthère noire...

« Quelle idée, petitoun. Cette panthère est la terreur du jardin. Elle est là parce qu'elle a arraché les bras à dix-huit dompteurs et les a mangés. »

Luís fit une grimace terrifiée et retira précipitamment son bras.

« Elle vient d'un cirque ?

— Oui.

— De quel cirque, Zézé ? Tu ne me l'avais jamais raconté. »

Je réfléchis, je réfléchis. Qui pouvais-je connaître qui ait un nom de cirque ?

« Ah ! Elle vient du cirque Rozemberg.

— Mais c'est la boulangerie ? »

Ça devenait difficile de lui faire croire les choses, il commençait à être très malin.

« C'est un autre. Nous devrions nous asseoir un moment pour manger notre goûter. Nous avons beaucoup marché. »

Nous nous assîmes et fîmes semblant de manger. Mais mes oreilles étaient aux aguets et écoutaient leur conversation.

« On devrait prendre modèle sur lui, Lalà. Regarde la patience qu'il a avec son petit frère.

— Oui, mais ça ne l'empêche pas d'être insupportable.

— C'est sûr qu'il a le diable au corps, mais quand même il est amusant. Personne ne lui garde rancune dans le quartier, quoi qu'il invente...

— Il ne passera pas par ici sans recevoir un coup de savate. Un jour il comprendra. »

Je lançai un coup d'œil suppliant à Glória. Elle me sauvait toujours et toujours je lui promettais de ne plus recommencer...

« Plus tard. Pas maintenant. Ils jouent si gentiment... »

Elle savait donc tout. Elle savait que j'étais descendu par le ruisseau et que j'étais entré au fond du jardin de dona Celina. J'étais fasciné par la corde à linge sur laquelle une ribambelle de bras et de jambes se balançaient au vent. Alors le diable me souffla que je pourrais faire écrouler d'un seul coup tous ces bras et toutes ces jambes. Je reconnus avec lui que ce serait très amusant. Je cherchai dans le ruisseau un morceau de verre bien coupant, je grimpai dans l'oranger et je coupai patiemment la corde.

Je faillis tomber au moment où tout s'effondra. Un cri et tout le monde accourt.

« Venez m'aider, vous autres, la corde a craqué. »

Mais une voix qui venait je ne sais d'où cria plus fort :

« C'est cette peste de gamin de seu Paulo. Je l'ai vu monter dans l'oranger avec un morceau de verre.

— Zézé ?

— Quoi, Luís ?

— Dis-moi comment tu sais toutes ces choses sur le jardin zoologique ?

— J'en ai visité beaucoup dans ma vie. »

Je mentais, tout ce que je savais, c'était l'oncle Edmundo qui me l'avait raconté, il m'avait même promis de m'y emmener un jour. Mais il marchait si lentement que lorsqu'on y arriverait ce serait trop tard. Totoca y était allé une fois avec papa.

« Celui que je préfère, c'est celui du baron Drummond, à Vila Isabel. Tu sais qui était le baron Drummond ? Non, bien sûr, tu ne sais pas. Tu es trop petit pour savoir ça. Ce baron devait être très ami de Dieu. Parce que c'est lui que Dieu a aidé à inventer le *jogo do bicho,* la loterie des animaux et le jardin zoologique. Quand tu seras plus grand... »

Elles étaient toujours là-bas, toutes les deux.

« Quand je serai plus grand, quoi ?

— Ah ! quel enfant questionneur. Quand tu seras plus grand, je t'apprendrai le nom des animaux et leur numéro. Jusqu'au numéro vingt. Du numéro vingt au numéro vingt-cinq, je sais qu'il y a la vache, le taureau, l'ours, le cerf et le tigre. Je ne les sais pas dans l'ordre, mais je vais les apprendre pour ne pas te dire de bêtises. »

Il se fatiguait du jeu.

« Zézé, chante-moi *Le Cabanon.*

— Ici, au jardin zoologique ? Il y a beaucoup de monde.

— Non. Ils s'en vont.

— C'est long les paroles. Je vais chanter seulement le morceau que tu aimes. »

Je savais que c'était là où on parlait de cigales.

J'entonnai.

Tu veux savoir d'où je viens
C'est d'un cabanon, mon bien
À côté pousse un pommier.
C'est une cabane de peu de mine
Tout en haut de la colline
Et la mer brille à ses pieds...

Je sautai quelques vers.

Parmi les palmiers aimables
Chantent toutes les cigales
Quand se couche le soleil
On voit l'horizon vermeil
Au jardin chante une source
Sur la source un rossignol...

Je m'arrêtai. Elles continuaient à m'attendre de pied ferme. J'eus une idée ; je continuerais à chanter jusqu'à la nuit. Elles finiraient par renoncer.

Mais en vain. Je chantai *Le Cabanon* en entier ; je recommençai, je chantai *Pour ton amour éphémère* et même *Ramona*. Les deux versions différentes de *Ramona* que je connaissais... et rien. Alors un désespoir terrible s'empara de moi. Il valait mieux en finir. J'allai vers elles.

« Me voici, Lalà. Tu peux me battre. »

Je me tournai et lui présentai l'objet. Je serrai les dents parce que Lalà maniait la savate avec une force de tous les diables.

C'est maman qui eut l'idée.

« Aujourd'hui, on va tous voir la maison. »

Totoca me prit à part et m'avertit dans un souffle :

« Si tu racontes que tu connais déjà la maison, je t'étrangle. »

Mais je n'y avais même pas pensé.

Toute la caravane s'en fut le long de la rue. Glória me donnait la main, elle avait l'ordre de ne pas me lâcher une seconde. Moi, je tenais la main de Luís.

« Quand est-ce qu'on doit déménager, maman ? »

Maman répondit à Glória d'un air un peu triste :

« Le surlendemain de Noël, il faudra commencer à rassembler nos hardes. »

Elle parlait d'une voix basse mais lasse. Elle me faisait pitié. Maman travaillait depuis sa naissance. Quand elle avait six ans et qu'on avait installé la fabrique on l'avait mise à travailler. On asseyait maman sur une table et elle devait nettoyer et essuyer les outils. Elle était si petite qu'elle se mouillait sur la table parce qu'elle ne pouvait pas descendre toute seule. C'est pour ça qu'elle n'était jamais allée à l'école et n'avait pas appris à lire. Quand j'entendis raconter cette histoire, je fus si triste que je lui promis que lorsque je serais poète et savant je lui lirais mes poésies...

Et Noël s'annonçait dans les boutiques et dans les vitrines. On avait déjà dessiné des Papa Noël sur toutes les glaces. Des gens achetaient des cartes pour ne pas se bousculer tous à la fois dans les magasins au dernier moment. Moi, j'avais un secret espoir que, cette fois, le petit Jésus naîtrait – naîtrait vraiment pour moi. Quand j'aurais l'âge de raison, je m'améliorerais peut-être un peu, à la fin.

« C'est ici. »

Tout le monde était enchanté. La maison était un peu plus petite. Avec l'aide de Totoca, maman détacha un fil de fer qui retenait le portillon et ce fut une ruée. Glória lâcha ma main et oublia qu'elle était presque une jeune fille. Elle se mit à courir et étreignit le manguier.

« Le manguier est à moi. Je l'ai touché la première. »

António fit la même chose avec le tamarinier.

Il ne restait rien pour moi. Je regardai Glória en pleurant presque.

« Et moi, Godóia.

— Cours là-bas derrière. Il doit y avoir d'autres arbres, nigaud. »

Je courus mais je ne trouvai que de hautes herbes et un bouquet d'orangers vieux et pleins d'épines. Au bord du ruisseau, il y avait un petit pied d'oranges douces.

J'étais désappointé. Les autres étaient occupés à visiter les pièces et décidaient à qui seraient les chambres.

Je tirai la jupe de Glória.

« Il n'y a plus rien.

— Tu ne sais pas chercher comme il faut. Attends, je vais te trouver un arbre. »

Et aussitôt elle vint avec moi. Elle examina les orangers.

« Tu n'aimes pas celui-là ? Regarde quel bel oranger c'est. »

Mais je n'en aimais aucun. Ni celui-là, ni celui-là, ni aucun. Ils avaient trop d'épines.

« Plutôt que ces horreurs, je préfère encore le pied d'oranges douces.

— Où ? »

Je le lui montrai.

« Oh ! le joli pied d'oranges douces ! Regarde, il n'a pas une seule épine et il a tellement de personnalité que de loin on devine que c'est le Pied d'oranges douces. Si j'avais ta taille, je ne voudrais pas autre chose.

— Mais je voulais un grand arbre.

— Réfléchis, Zézé. Il est encore très jeune. Il va devenir un oranger adulte. Il va grandir en même temps que toi. Tous les deux, vous vous comprendrez comme si vous étiez deux frères. Tu as vu cette branche ? C'est vrai que c'est la seule qu'il ait, mais on dirait un petit cheval fait exprès pour que tu montes dessus. »

Je me sentais le plus grand déshérité du monde.

Je me rappelais la bouteille de liqueur où il y avait dessinés des anges écossais. Lalà avait dit : « Celui-ci, c'est moi. » Glória en avait montré un autre. Totoca en avait pris un autre pour lui. Et moi ? Il ne m'était resté que cette tête derrière, presque sans ailes. Le quatrième ange écossais qui n'était même pas un ange complet... J'étais toujours le dernier. Quand je serai grand, ils verraient. J'achèterai une forêt d'Amazonie et tous les arbres qui touchent le ciel seraient à moi. J'achèterai un magasin de bouteilles avec des tas d'anges et personne n'aurait même un bout d'aile.

Je boudais. Je m'assis par terre et restai avec ma mauvaise humeur contre le pied d'oranges douces. Glória s'éloigna en souriant.

« Cette mauvaise humeur ne durera pas, Zézé. Tu finiras par découvrir que j'avais raison. »

Je grattais le sol avec un bout de bois et commençais à cesser de renifler. J'entendis une voix qui venait je ne sais d'où, contre mon cœur.

« Je trouve que ta sœur a raison.

— Tout le monde a toujours raison. Moi, jamais.

— Ce n'est pas vrai. Si tu me regardais bien, tu finirais par le découvrir. »

Effrayé, je levai les yeux et regardai l'arbuste. C'était étrange parce que je parlais toujours avec n'importe quoi, mais je pensais que c'était l'oiseau qui était en moi qui se chargeait des réponses.

« Mais tu parles pour de vrai ?

— Tu ne m'entends pas ? »

Et il se mit à rire tout bas. Je faillis m'enfuir en hurlant dans le jardin. Mais la curiosité me retenait là.

« Tu parles par où ?

— Les arbres parlent de tous les côtés à la fois. Par les feuilles, par les branches, par les racines. Tu veux voir ? Colle ton oreille contre mon tronc et écoute mon cœur battre. »

Je n'étais pas très décidé, mais en regardant sa taille je cessai d'avoir peur. J'appuyai mon oreille et une chose, dedans, faisait tic... tic...

« Tu vois ?

— Dis-moi une chose. Tout le monde sait que tu parles ?

— Non. Rien que toi.

— C'est vrai ?

— Je peux le jurer. Une fée m'a dit que lorsqu'un petit garçon comme toi deviendrait mon ami je me mettrais à parler et que je serais très heureux.

— Et tu vas attendre ?

— Attendre quoi ?

— Que je déménage. Ce sera dans plus d'une semaine. Tu ne vas pas oublier comment on parle pendant ce temps ?

— Plus que jamais. C'est-à-dire seulement avec toi. Tu veux voir comme je suis doux ?

— Comme tu es quoi ?...

— Monte sur ma branche. »

J'obéis.

« Maintenant, balance-toi et ferme les yeux. »

Je fis ce qu'il disait.

« Ça va bien ? Tu as déjà eu un aussi bon cheval dans ta vie ?

— Jamais. C'est un délice. Je vais pouvoir donner mon cheval Rayon de Lune à mon petit frère. Tu l'aimerais beaucoup, tu sais. »

Je descendis, j'adorais mon pied d'oranges douces.

« Écoute, je vais faire une chose. Chaque fois que je pourrai, avant que nous déménagions, je viendrai bavarder avec toi... Maintenant, il faut que je m'en aille, ils sont en train de partir.

— Mais on ne quitte pas un ami comme ça.

— Chut ! La voilà. »

Glória arriva au moment précis où je le serrais dans mes bras.

« Adieu, ami. Tu es la plus belle chose du monde !

— Je ne te l'avais pas dit ?

— Si, c'est vrai. Maintenant, si vous me donniez le manguier ou le tamarinier en échange de mon arbre, je n'en voudrais pas. »

Elle passa tendrement la main dans mes cheveux.

« Ah ! cette petite cervelle, cette petite cervelle !... »

Nous nous mîmes en route, la main dans la main.

« Godóia, tu ne trouves pas que ton manguier est un peu stupide ?

— Je ne peux pas encore bien savoir, mais il en a un peu l'air.

— Et le tamarinier de Totoca ?

— Il est un peu lourdaud, pourquoi ?

— Je ne sais pas si je peux te le dire. Mais un jour je te raconterai un miracle, Godóia. »

3

Les doigts maigres
de la misère

Quand j'exposai le problème à l'oncle Edmundo, il le considéra avec sérieux.

« Alors, c'est ça qui te préoccupe ?

— Oui, monsieur. J'ai peur qu'avec le changement de maison Luciano ne vienne pas avec nous.

— Tu penses que cette chauve-souris t'aime beaucoup ?

— Si elle m'aime !...

— Du fond du cœur ?

— C'est sûr.

— Alors, tu peux être certain qu'il te suivra. Il se peut qu'il tarde à apparaître, mais un jour il te retrouvera.

— Je lui ai déjà dit la rue et le numéro où on va habiter.

— Bon, alors, c'est facile. S'il ne peut pas y aller parce qu'il a d'autres engagements, il t'enverra un frère, un cousin, quelqu'un de sa famille et tu ne t'en apercevras même pas. »

Pourtant, j'étais encore préoccupé. À quoi servait-il d'indiquer le numéro et le nom de la rue à Luciano puisqu'il ne savait pas lire ? Il pourrait peut-être demander aux oiseaux, aux bêtes à bon Dieu, aux papillons.

« Ne t'inquiète pas, Zézé, les chauves-souris ont le sens de l'orientation.

— Le quoi, tonton ? »

Il m'expliqua ce qu'était le sens de l'orientation et je restai émerveillé, une fois de plus, de sa science.

Mon problème résolu, je me précipitai dans la rue pour raconter à tout le monde ce qui nous attendait : le déménagement. La majeure partie des grandes personnes me disait d'un ton enjoué :

« Vous allez déménager, Zézé ? Que c'est bien !... Quelle merveille !... Quelle chance !... »

Le seul qui ne s'en étonna guère fut Biriquinho.

« Encore une veine que ce soit dans cette rue-là. C'est près. Et cette histoire dont je t'ai parlé ?...

— C'est quand ?

— Demain, à huit heures, à la porte du casino

Bangu. *Ils* ont dit que le patron de la fabrique avait commandé un camion de jouets. Tu viendras ?

— Oui. J'emmènerai Luís. Tu crois que j'aurai quelque chose ?

— Bien sûr. Un morveux comme toi. Tu te crois déjà un homme ? »

Il s'approcha de moi et je me rendis compte que j'étais encore bien petit. Plus petit que je ne pensais.

« Ben, si j'ai quelque chose... Mais pour l'instant j'ai à faire. Demain, on se retrouve là-bas. »

Je rentrai à la maison et me mis à tourner autour de Glória.

« Qu'est-ce qu'il y a, petit ?

— Toi, tu pourrais bien nous emmener. Il y a un camion qui vient de la ville plein de jouets à ras bord.

— Écoute, Zézé, j'ai une montagne de choses à faire. Je dois repasser, aider Jandira à préparer le déménagement. Je dois surveiller la cuisine sur le feu...

— Il viendra des tas de cadets de Realengo. »

Outre sa passion pour Rudolf Valentino qu'elle appelait Rudy et dont elle collectionnait les photos dans un cahier, elle était folle des cadets.

« Tu as déjà vu des cadets à huit heures du matin ? Tu me prends pour une idiote, gamin. Va jouer, Zézé. »

Mais je n'y allai pas.

« Tu sais, Godóia. Ce n'est pas pour moi, mais j'ai promis à Luís de l'emmener. Il est si petit, à son âge les enfants ça ne pense qu'à Noël.

— Zézé, je t'ai déjà dit que je n'irai pas. Tout ça, c'est des histoires : c'est toi qui veux y aller. Tu as bien le temps dans ta vie d'avoir des cadeaux de Noël...

— Et si je meurs ? Je mourrai sans cadeau de Noël cette année.

— Tu ne vas pas mourir si vite, mon vieux. Tu vivras deux fois plus que l'oncle Edmundo ou que seu Benedito. Maintenant, ça suffit, va jouer. »

Mais je n'y allai pas. Je fis en sorte qu'à chaque instant elle se cogne à moi. Elle allait prendre de l'eau au lavoir, j'étais assis sur le pas de la porte et je la regardais...

À la fin, elle n'y tint plus.

« Assez, Zézé. Je t'ai déjà dit que non et non. Pour l'amour de Dieu, ne mets pas ma patience à bout. Va jouer. »

Mais je n'y allai pas. C'est-à-dire je pensais que je n'irais pas. Parce qu'elle m'empoigna, me transporta de l'autre côté de la porte et me déposa dans le jardin. Ensuite, elle rentra dans la maison et ferma la porte de la cuisine et de la salle. Je ne renonçai pas. Je m'assis successivement près de toutes les fenêtres devant lesquelles elle devait passer. Parce que maintenant elle avait commencé à nettoyer la maison et à faire les lits. Elle me trouvait à mon poste et elle fermait la fenêtre. Elle finit par fermer toute la maison pour ne plus me voir.

« Méchante diablesse ! Vilaine rouquine ! Tu ne te marieras jamais avec un cadet, c'est bien fait ! Tu te marieras avec un troufion sans un sou pour cirer ses bottes. C'est bien fait. »

Quand je vis que je perdais vraiment mon temps, je partis, dégoûté de la vie, et je gagnai à nouveau l'univers de la rue.

Dans la rue, je découvris Nardinho qui jouait avec quelque chose. Il était accroupi et regardait, très absorbé. Je m'approchai de lui. Il avait fait une petite voiture avec une boîte d'allumettes et attelé un scarabée, je n'en avais jamais vu d'aussi gros.

« Ben !...
— Il est gros, hein ?
— Tu l'échanges ?
— Contre quoi ?
— Si tu veux des images...
— Combien ?
— Deux.
— Tu en as de bonnes. Deux images pour un scarabée pareil !...
— Des scarabées comme ça, il y en a plein derrière la maison de l'oncle Edmundo.
— Je te l'échange contre trois.
— Je t'en donne trois, mais tu ne choisis pas.

— Alors, non. J'en choisis au moins deux.

— D'accord. »

Je lui donnai une image de Laura La Planta que j'avais en double. Et il en choisit une de Hoot Gibson et une autre de Patsy Ruth Miller. Je pris le scarabée, le glissai dans ma poche et m'en allai.

« Vite Luís. Glória est allée acheter du pain et Jandira est en train de lire dans le fauteuil à bascule. »

Nous sortîmes par le corridor en nous faisant tout petits et j'allai l'aider à faire ses besoins.

« Fais bien, dans la journée on n'a pas le droit de faire dans la rue. »

Ensuite je lui débarbouillai la figure au lavoir. J'en fis autant pour moi et nous retournâmes dans la chambre.

Je l'habillai sans faire de bruit. Je lui mis ses petites chaussures. Quelle saleté cette histoire de chaussettes, ça ne sert qu'à compliquer. Je boutonnai son petit costume bleu et cherchai le peigne. Mais ses cheveux ne voulaient pas s'aplatir. Il fallait faire quelque chose. Il n'y avait rien nulle part. Ni huile, ni brillantine. J'allai dans la cuisine et revins avec un peu de saindoux sur le bout des doigts. Je frottai le saindoux dans le creux de ma main et je reniflai.

« Ça ne sent pas mauvais. »

J'en enduisis les cheveux de Luís et les coiffai. Cette fois, il était vraiment bien coiffé, avec toutes ses bouclettes il ressemblait au saint Jean qui porte un agneau sur ses épaules.

« Maintenant ne bouge plus. Je vais m'habiller. »

Tout en enfilant mon pantalon et ma chemisette blanche je regardais mon frère.

Qu'il était joli ! Il n'y avait personne de plus joli que lui à Bangu. J'enfilai mes sandales de tennis qui devaient durer jusqu'à ce que j'aille à l'école, l'année suivante. Je continuai à regarder Luís.

Joli comme il l'était et bien pomponné, on l'aurait pris pour le Petit Jésus – qui aurait un peu grandi. Il aurait des cadeaux en pagaille, c'était sûr. Quand on le verrait...

Je frémis. Glória venait de rentrer, elle posait le pain sur la table. Le papier faisait ce bon bruit des jours où il y avait du pain. Nous sortîmes en nous donnant la main et nous nous plantâmes devant elle.

« Il est mignon, n'est-ce pas, Godóia ? C'est moi qui l'ai habillé. »

Au lieu de se fâcher, elle s'appuya contre la porte et regarda en l'air. Quand elle baissa la tête elle avait les yeux pleins de larmes.

« Toi aussi tu es mignon. Oh ! Zézé !... »

Elle s'agenouilla et serra ma tête contre sa poitrine.

« Mon Dieu ! Pourquoi la vie doit-elle être si dure pour certains ?... »

Elle se contint ; puis elle nous arrangea un peu.

« J'ai dit que je ne pourrais pas vous accompagner. Je ne peux vraiment pas, Zézé. J'ai tant à faire. Nous allons d'abord boire du café pendant que je réfléchis. Même si je voulais je n'aurais pas le temps de me préparer... »

Elle remplit nos gobelets de café et coupa le pain. Elle continuait à nous regarder tristement.

« Tant d'efforts pour quelques mauvais jouets laissés pour compte. Bien sûr, ils ne peuvent pas non plus donner des choses très belles pour tous les pauvres qui existent. »

Elle se tut quelques instants et poursuivit :

« C'est peut-être la seule occasion. Je ne peux pas vous empêcher d'y aller... Mais, mon Dieu, vous êtes si petits...

— Je ferai bien attention à lui. Je lui donnerai tout le temps la main, Godóia. Et on ne doit pas traverser la route Rio-São Paulo.

— C'est dangereux malgré tout.

— Non, je t'assure. Et puis, j'ai le sens de l'orientation. »

Elle rit malgré sa tristesse.

« Qui t'a appris ça encore ?

— L'oncle Edmundo. Il dit que Luciano l'a, et si Luciano qui est plus petit que moi l'a, je l'ai aussi...

— Je vais en parler à Jandira.

— C'est du temps perdu. Elle permettra. Jandira passe son temps à lire des romans et à penser à ses amoureux. Ça lui est égal.

— Nous allons faire la chose suivante : nous terminons notre café et nous allons au portillon. S'il passe quelqu'un qu'on connaisse et qui aille de ce côté je lui demanderai de vous accompagner. »

Je ne voulus pas manger de pain, pour aller plus vite. Nous allâmes au portillon.

Personne ne passait, que le temps. Mais il finit par passer quelqu'un. Seu Paixão, le facteur, venait par là. Il dit bonjour à Glória, souleva sa casquette et accepta de nous accompagner.

Glória embrassa Luís et m'embrassa. Elle me demanda en souriant, attendrie :

« Et cette histoire de troufion et de bottes...

— C'était pas vrai. Je ne le pensais pas. Tu te marieras avec le commandant d'un avion qui aura plein d'étoiles sur les épaules.

— Pourquoi n'y êtes-vous pas allés avec Totoca ?

— Totoca a dit qu'il n'y allait pas. Et qu'il n'était pas disposé à remorquer des bagages.

Nous partîmes. Seu Paixão nous dit de marcher devant pendant qu'il distribuait les lettres dans les maisons. Ensuite il pressait le pas et nous rattrapait. Il recommençait, et ainsi de suite. Quand on fut arrivé à la route Rio-São Paulo il rit et dit :

« Mes enfants, je suis très pressé. Vous retardez mon service. Maintenant vous allez par là, il n'y a aucun danger. »

Et il partit en se hâtant, son paquet de lettres et de papiers sous le bras.

Je pensai, révolté : « Le lâche ! Abandonner comme ça deux petits enfants sur la route après avoir promis à Glória de nous accompagner. »

Je serrai plus fort la menotte de Luís et continuai à marcher. Il commençait à montrer des signes de fatigue. Il allait de plus en plus lentement.

« Allons, Luís. C'est tout près. Il y a beaucoup de jouets. »

Il marchait un peu plus vite et recommençait à traîner.

« Zézé, je suis fatigué.

— Je vais te porter un petit moment, tu veux ? »

Il me tendit les bras et je le portai un moment.

Aïe ! Il était lourd comme du plomb. Quand on arriva à la rue du Progrès, il fallait voir comme je soufflais.

« Maintenant tu vas marcher un peu. »

L'horloge de l'église sonna huit heures.

« Déjà ! il fallait y être à sept heures et demie. Mais ça ne fait rien, il y aura beaucoup de monde et il restera des jouets. Il y en a un plein camion.

— Zézé, j'ai mal au pied. »

Je me baissai.

« Je vais desserrer un peu le lacet, ça ira mieux. »

Nous allions de plus en plus lentement. J'avais l'impression que le marché n'arriverait jamais. Et après il fallait encore dépasser l'école publique et tourner à droite dans la rue du casino Bangu. Le pire c'était le temps qui volait exprès.

Nous y arrivâmes, morts de fatigue. Il n'y avait personne. Pas trace non plus de distribution de jouets. Mais si, elle avait eu lieu, car la rue était pleine de papier de soie froissé. La terre était de toutes les couleurs, couverte de petits morceaux de papier déchirés.

Dans mon cœur, je commençai à m'inquiéter.

Nous étions devant le casino et seu Coquinho fermait les portes.

Haletant, je demandai au portier :

« Seu Coquinho, c'est déjà tout fini ?

— Tout, Zézé. Vous êtes venus très tard. Ça a été une invasion. »

Il ferma à demi la porte et sourit avec bonté.

« Il n'est rien resté. Même pas pour mes neveux. »

Il ferma complètement la porte et sortit dans la rue.

« L'année prochaine, vous devrez venir plus tôt, petits endormis.

— Ça ne fait rien. »

Si, ça faisait quelque chose. J'étais si triste et si déçu que j'aurais préféré plutôt mourir.

« Allons nous asseoir là. On a besoin de se reposer un moment.

— J'ai soif, Zézé.

— Quand on passera devant chez seu Rozemberg, on lui demandera un verre d'eau. Ça suffira pour nous deux. »

C'est alors, seulement, qu'il découvrit toute la tragédie. Il ne dit rien. Il me regarda en faisant la moue, avec des yeux immenses.

« Ça ne fait rien, Luís. Tu sais, mon petit cheval Rayon de Lune ? Je vais demander à Totoca de changer le bâton et je te le donnerai comme cadeau de Papa Noël. »

Mais il éclata en sanglots.

« Non, ne fais pas ça. Tu es un roi. Papa a dit qu'il t'avait appelé Luís parce que c'est un nom de roi. Et un roi ne peut pas pleurer dans la rue, devant tout le monde, tu sais ? »

J'appuyai sa tête contre ma poitrine et caressai ses cheveux bouclés.

« Quand je serai grand, j'achèterai une belle auto comme celle de seu Manuel Valadares. Tu sais, le Portugais ? Celui qui est passé devant nous à la gare, un jour où on disait bonjour au *Mangaratiba*... Eh bien, j'achèterai une grosse auto comme la sienne, pleine de cadeaux, rien que pour toi... Mais ne pleure pas, un roi ne pleure pas. »

Ma poitrine éclata dans un désespoir sans bornes.

« Je jure que je l'achèterai. Je tuerai, s'il le faut, je
volerai... »

En dedans de moi ce n'était pas mon oiseau qui
parlait. Ce devait être mon cœur.

Oui, je le ferais. Pourquoi le petit Jésus ne
m'aimait-il pas ? Il aimait même le bœuf et l'âne de
la crèche. Mais moi, non. Il se vengeait parce que
j'étais le filleul du diable. Il se vengeait de moi et
empêchait mon frère d'avoir un cadeau. Mais Luís
ne méritait pas ça, lui, parce que c'était un ange. Les
anges du ciel ne pouvaient pas être plus gentils que
lui...

Et mes larmes coulèrent piteusement.

« Zézé, tu pleures...

— Ça va passer. Mais moi, je ne suis pas un roi
comme toi. Je ne suis qu'une chose bonne à rien. Un
enfant très méchant, oui, très méchant... Rien
d'autre. »

« Totoca, tu as été à la nouvelle maison ?

— Non. Toi, tu y as été ?

— Chaque fois que je peux j'y fais un saut.

— Pourquoi ?

— Je veux savoir si Minguinho va bien. »

Il rit et continua à tailler ce qui serait le nouveau
corps de Rayon de Lune.

« Qui diable est-ce, Minguinho ?

— C'est mon pied d'oranges douces.

— Tu as trouvé un nom qui lui va bien. Tu es formidable pour trouver les choses.

— Alors, il va bien ?

— Il n'a pas grandi du tout.

— Et il ne grandira pas si tu passes ton temps à le regarder. Il te plaît ? C'est comme ça que tu le voulais ?

— Oui. Totoca, pourquoi est-ce que tu sais tout faire, dis ? Tu fais des cages à oiseau, des poulaillers, des ruches, des haies, des barrières...

— C'est que tout le monde n'est pas né pour être un poète à nœud papillon. Mais si tu voulais, tu apprendrais aussi.

— Je crois que non. Il faut avoir des dispositions.

Il s'arrêta un instant et me regarda moitié rieur, moitié fâché de cette nouvelle invention de l'oncle Edmundo.

Dindinha était dans la cuisine. Elle était venue pour faire du pain perdu au vin. C'était le dîner de Noël. C'était tout.

Je commentai pour Totoca :

« Regarde, Totoca. Il y a des gens qui n'en ont même pas autant. C'est l'oncle Edmundo qui a donné l'argent pour le vin et aussi pour les fruits de la salade, pour le déjeuner, demain. »

Totoca faisait le travail pour rien parce qu'il avait su l'histoire du casino Bangu. Au moins Luís aurait quelque chose. Une chose vieille, usée, mais très belle et que j'aimais beaucoup.

« Totoca.

— Oui.

— Tu crois qu'on n'aura rien, rien du tout, à Noël ?

— Je crois que non.

— Dis, sérieusement, tu trouves que je suis aussi méchant, aussi sot que tout le monde le dit ?

— Méchant, méchant, non. Ce qui arrive c'est que tu as le diable au corps.

— Quand ce sera Noël je voudrais tant ne plus l'avoir ! J'aimerais tant qu'avant de mourir, une fois dans ma vie, ce soit le petit Jésus qui naisse pour moi au lieu d'un petit diable.

— Peut-être bien que l'année prochaine... Pourquoi est-ce que tu n'apprends pas à faire comme moi ?

— Comment fais-tu ?

— Je n'attends rien. Comme ça, je ne suis pas déçu. D'ailleurs le petit Jésus n'est pas aussi bon que tout le monde le dit, que le racontent le curé et le catéchisme... »

Il s'arrêta et resta indécis, se demandant s'il dirait ou non la suite de ce qu'il pensait...

« Alors, il est comment ?

— Ben, disons que tu as été très polisson, que tu n'as rien mérité. Mais Luís ?

59

— C'est un ange.

— Et Glória ?

— Aussi.

— Et moi ?

— Ben, toi, quelquefois tu es... tu es... tu me chipes mes affaires, mais tu es très gentil.

— Et Lalà ?

— Elle bat très fort, mais elle est gentille. Un jour elle me coudra mon nœud papillon.

— Et Jandira ?

— Jandira est comme ci, comme ça, mais elle n'est pas méchante.

— Et maman ?

— Maman est très gentille ; ça l'ennuie de me battre et elle ne tape jamais fort.

— Et papa ?

— Ah ! lui, je ne sais pas. Il n'a jamais de chance. Je crois qu'il doit être comme moi, le mauvais de la famille.

— Alors tu vois, tout le monde est gentil dans la famille. Pourquoi le petit Jésus n'est-il pas gentil avec nous ? Si tu vas chez le docteur Faulhaber tu verras toute la table pleine de choses, chez les Villas-Boas aussi. Chez le docteur Adaucto Luz, n'en parlons pas... »

Pour la première fois, je vis Totoca sur le point de pleurer.

« C'est pour ça que je pense que le petit Jésus a

voulu naître pauvre seulement pour faire de l'effet. Ensuite il a vu qu'il n'y avait que les riches qui en valaient la peine... Mais n'en parlons plus. Peut-être que c'est un très gros péché ce que j'ai dit. »

Il était si accablé qu'il ne voulut plus parler, ni même lever les yeux du bâton du cheval qu'il était occupé à égaliser.

Ce fut un dîner si triste qu'il vaudrait mieux ne plus y penser. Tout le monde mangea sans rien dire et papa goûta à peine au pain perdu. Il n'avait pas voulu se raser, ni rien. Et on n'alla pas non plus à la messe de minuit. Le pire c'est que personne ne parlait à personne. On aurait dit la veillée funèbre du petit Jésus plutôt que sa naissance.

Papa prit son chapeau et sortit. Il sortit en savates, brusquement, sans dire au revoir ni souhaiter un joyeux Noël. Dindinha sortit son mouchoir et s'essuya les yeux, et demanda de s'en aller avec l'oncle Edmundo. L'oncle Edmundo glissa une pièce de cinq cents reïs dans ma main et une autre dans la main de Totoca. Il aurait peut-être voulu nous donner davantage, mais il n'avait pas plus. Il aurait peut-être voulu donner les pièces à ses enfants qui étaient à la ville au lieu de nous les donner à nous. C'est pourquoi je le serrai très fort dans mes bras. Sans doute l'unique démonstration de cette nuit de fête. Personne ne s'embrassa ni ne se dit un mot gentil. Maman alla dans sa chambre. Je suis sûr qu'elle pleurait en cachette. Et nous avions tous envie d'en faire autant. Lalà accompagna l'oncle Edmundo et Dindinha jusqu'au portillon et commenta en les voyant s'éloigner à petits pas, lentement, lentement :

« Ils ont l'air d'être trop vieux pour la vie, fatigués de tout... »

Le plus triste c'est que la cloche de l'église emplit la nuit de voix joyeuses. Et quelques fusées montèrent dans le ciel pour que Dieu voie la joie des autres.

Quand nous rentrâmes dans la maison, Glória et Jandira lavaient la vaisselle sale et Glória avait les yeux rouges comme si elle avait pleuré terriblement.

Elle prit une contenance et nous dit à Totoca et à moi :

« C'est l'heure pour les enfants d'aller au lit. »

Elle disait ça et nous regardait. Elle savait que ce soir il n'y avait plus d'enfants parmi nous. On était tous grands, grands et tristes, goûtant à une même tristesse par petits morceaux.

Peut-être que tout avait été la faute de la lumière de la lampe à moitié éteinte qui avait remplacé la lumière électrique que la Compagnie avait coupée. Peut-être...

Le seul heureux était le petit roi qui dormait en suçant son pouce. Je mis le cheval debout, tout près de lui. Je ne pus pas m'empêcher de passer doucement la main sur ses cheveux. Ma voix débordait de tendresse.

« Mon petitoun. »

Quand toute la maison fut dans l'obscurité je demandai tout bas :

« C'était bon le pain perdu, non, Totoca ?

— Je ne sais pas. Je n'y ai pas goûté.

— Pourquoi ?

— J'avais quelque chose en travers du gosier, rien ne passait... Dormons. Quand on dort, on oublie tout. »

Je m'étais levé et je faisais du bruit dans mon lit.

« Où vas-tu, Zézé ?

— Je vais mettre mes sandales de tennis devant la porte.

— Ne les y mets pas, ça vaut mieux.

— Si, je vais les mettre. Qui sait, peut-être qu'il arrivera un miracle. Tu sais, Totoca, je voudrais tant avoir un cadeau. Rien qu'un. Mais que ce soit une chose toute neuve. Rien que pour moi... »

Il se tourna de l'autre côté et enfouit sa tête sous le traversin.

À peine éveillé j'appelai Totoca.

« On va voir ? Je te dis que j'aurai quelque chose.

— Moi, je n'irais pas voir.

— Si, j'y vais. »

J'ouvris la porte de la chambre. À ma grande déception les sandales de tennis étaient vides. Totoca s'approcha en se frottant les yeux.

« Je ne te l'avais pas dit ? »

Un mélange de haine, de révolte et de tristesse s'éleva de mon âme. Sans pouvoir me contenir je m'écriai :

« Quel malheur d'avoir un père pauvre !... »

Je détournai les yeux de mes sandales de tennis et je vis des galoches arrêtées devant moi. Papa était debout et nous regardait. Ses yeux étaient immenses de tristesse. On aurait dit que ses yeux étaient devenus si grands, mais si grands qu'ils auraient pu remplir tout l'écran du cinéma Bangu. Il y avait une douleur si terrible dans ses yeux que s'il avait voulu pleurer il n'aurait pas pu. Il resta une minute qui n'en finissait plus à nous regarder puis, sans rien dire, il passa devant nous. Nous étions anéantis, incapables de rien dire. Il prit son chapeau sur la commode et repartit dans la rue. Alors seulement Totoca me toucha le bras.

« Tu es méchant, Zézé, méchant comme un serpent. C'est pour ça que... »

Il se tut, trop ému.

« Je n'avais pas vu qu'il était là.

— Mauvais, sans cœur. Tu sais que papa est sans travail depuis longtemps. C'est pour ça qu'hier je ne pouvais pas avaler en regardant sa figure. Un jour tu seras un père et tu comprendras ce qu'on ressent dans des moments pareils. »

En plus, je pleurais.

« Mais je n'avais pas vu, Totoca, je n'avais pas vu... »

J'eus envie de partir en courant dans la rue et de m'accrocher en pleurant aux jambes de papa. De lui dire que j'avais été très méchant, trop méchant. Mais je restais immobile, sans savoir que faire. Je dus m'asseoir sur mon lit. Et de là je contemplais mes sandales de tennis absolument vides, au même endroit. Vides comme mon cœur qui flottait à la dérive.

« Pourquoi ai-je fait ça, mon Dieu ? Surtout aujourd'hui. Pourquoi ai-je été encore plus méchant alors que tout était si triste ? Comment pourrai-je le regarder au déjeuner ? Même la salade de fruits ne passera pas. »

Et ses grands yeux me poursuivaient, grands comme l'écran du cinéma Bangu. Je fermais les yeux et je les voyais toujours, grands, si grands...

Mon talon heurta ma caisse de cireur et j'eus une idée. Comme ça papa me pardonnerait peut-être toute ma méchanceté.

J'ouvris la caisse de Totoca et je lui empruntai une fois de plus une boîte de cirage noir parce que la mienne était presque vide. Je ne dis rien à personne. Je me mis à marcher tristement dans la rue sans m'apercevoir du poids de la caisse. Il me semblait que je marchais sous ses yeux, que je souffrais dans ses yeux.

C'était très tôt. Tout le monde devait encore dormir à cause de la messe de minuit et du souper. La rue était pleine d'enfants qui étalaient et comparaient leurs jouets. Cela m'abattit encore davantage. C'étaient tous de bons enfants. Aucun d'eux n'aurait été capable de faire ce que j'avais fait. Je m'arrêtai près du « Misère et Famine » en espérant trouver un client. L'épicerie-buvette était ouverte même ce jour-là. Ce n'est pas pour rien qu'on lui avait donné ce nom. Les gens y venaient en treillis, en savates, en galoches, mais jamais avec de vrais souliers.

Je n'avais pas pris de café mais je n'avais pas du tout faim. Ma douleur était au-delà de toute espèce de faim. Je marchai jusqu'à la rue du Progrès. J'errai près du marché. Je m'assis sur le trottoir devant la boulangerie de seu Rozemberg ; mais rien.

Les heures faisaient suite aux heures et je n'arrivais à rien. Mais je devais y arriver. Je le devais.

La chaleur avait augmenté et la courroie de la

caisse me faisait mal à l'épaule. Je dus la changer de place. J'avais soif, j'allai boire au robinet du marché.

Je m'assis sur la marche de l'école publique qui, bientôt, devait me recevoir. Je posai ma caisse par terre, j'étais découragé. J'appuyai ma tête sur mes genoux en la couvrant de mes bras. Je préférais mourir plutôt que de retourner à la maison sans ce que je voulais.

Un pied heurta ma caisse et une voix amicale que je connaissais bien m'interpella :

« Eh ! l'cireur. On ne gagne pas d'argent en dormant. »

Je levai la tête sans y croire. C'était seu Coquinho, le portier du Casino. Il tendit un pied, je passai d'abord le chiffon. Ensuite je mouillai la chaussure et l'essuyai. Et ensuite, je commençai à passer soigneusement le cirage.

« S'il vous plaît, monsieur, pouvez-vous soulever un peu votre pantalon ? »

Il fit ce que je lui demandais.

« Tu cires aujourd'hui, Zézé ?

— Je n'en ai jamais eu autant besoin qu'aujourd'hui.

— Et ce Noël, ça s'est bien passé ?

— Normalement. »

Je donnai un coup sur la caisse avec ma brosse et il changea de pied. Je répétai la manœuvre et je me mis ensuite à faire briller. Quand j'eus terminé je donnai un nouveau coup sur la caisse et il retira le pied.

« Combien, Zézé ?

— Deux cents reïs.

— Pourquoi seulement deux cents ? Ils prennent toujours quatre cents.

— Je pourrai prendre autant quand je serai un bon cireur. Pour l'instant, non. »

Il prit cinq cents reïs qu'il me donna.

« Vous ne voulez pas payer plus tard ? Je n'ai rien fait jusqu'à maintenant, je ne peux pas vous rendre.

— Garde la monnaie pour Noël. Au revoir.

— Joyeuses fêtes, seu Coquinho. »

Peut-être était-il venu faire cirer ses chaussures à cause de ce qui était arrivé trois jours auparavant...

L'argent dans ma poche me donna un certain courage qui ne dura pas longtemps ; il était plus de deux heures de l'après-midi, les gens circulaient dans la rue et rien. Personne, même pas pour faire dépoussiérer ses chaussures et lâcher un centime.

Je m'arrêtai près d'un poteau de la route Rio-São Paulo et criai de temps à autre de ma voix fluette :

« Cireur, m'sieurs-dames !

— Cireur, mon bon monsieur, cireur. Pour aider le Noël des pauvres ! »

Une voiture de riches s'arrêta tout près.

J'en profitai pour crier sans aucun espoir :

« Un p'tit geste, docteur. C'est pour aider le Noël des pauvres ! »

À l'arrière de la voiture une dame bien habillée et des enfants me regardaient, me regardaient. La dame s'apitoya.

« Pauvre petit, si jeune et si malheureux. Donne-lui quelque chose, Artur. »

Mais l'homme m'examina, méfiant.

« C'est un petit voyou rusé. Il profite de sa taille et du jour de Noël.

— Je veux tout de même lui donner quelque chose. Approche-toi, petit. »

Elle ouvrit son sac et agita la main par la fenêtre.

« Non, merci madame. Je ne mens pas. Il faut vraiment en avoir besoin pour travailler un jour de Noël. »

Je pris ma caisse, la suspendis à mon épaule et partis en marchant lentement. Aujourd'hui, je n'avais même pas la force de me mettre en colère.

Mais la porte de la voiture s'ouvrit et un enfant se mit à courir derrière moi.

« Tiens, petit garçon. Maman te fait dire qu'elle croit que tu n'es pas un menteur. »

Il mit cinq cents reïs dans ma poche et n'attendit pas que je le remercie... J'entendis le ronflement du moteur qui s'éloignait.

Il était déjà quatre heures passées et les yeux de papa continuaient à me martyriser.

Je pris le chemin du retour. Dix sous ça ne suffisait pas. Mais au « Misère et Famine » on me ferait peut-être un petit rabais ou on me permettrait de payer le reste un autre jour.

Au pied d'une haie, quelque chose attira mon attention. C'était un vieux bas noir déchiré. Je me baissai pour le ramasser. Je l'étirai sur ma main et il devint très mince. Je le rangeai dans ma caisse en pensant : « Ça fera un beau serpent. »

Puis je me fis des reproches : « Un autre jour. Aujourd'hui, pas question »...

J'arrivai près de la maison des Villas-Boas. Il y avait un grand jardin autour de la maison et par terre c'était tout cimenté. Serginho roulait autour des plates-bandes sur une belle bicyclette. Je collai mon nez à la grille pour regarder.

Elle était rouge avec des raies jaunes et bleues. Le métal était étincelant. Serginho me vit et se mit à parader devant moi. Il roulait vite, faisait des virages, s'arrêtait en faisant grincer les freins. Puis il s'approcha de moi.

« Elle te plaît ?

— C'est la plus belle bicyclette du monde.

— Approche-toi du portail, tu la verras mieux. »

Serginho était du même âge que Totoca et dans la même classe.

J'eus honte de mes pieds nus parce qu'il portait des souliers vernis avec des chaussettes blanches et des élastiques rouges. Les choses se reflétaient dans ses chaussures, tellement elles étaient brillantes. Je voyais même les yeux de papa qui me regardaient... Je soupirai.

« Qu'est-ce que tu as, Zézé ? Tu es bizarre.

— Rien. De près elle est encore plus jolie. Tu l'as reçue à Noël ?

— Oui. »

Il descendit de bicyclette pour parler plus à son aise et ouvrit le portail.

« C'est fou tout ce que j'ai reçu. Un phonographe, trois costumes, des tas de livres d'histoires, une boîte de crayons de couleurs, une grande ; une boîte avec toutes sortes de jeux, un avion avec une hélice qui tourne ; deux bateaux avec une voile blanche... »

Je baissai la tête et pensai au petit Jésus qui n'aimait que les gens riches, comme avait dit Totoca.

« Qu'est-ce que tu as, Zézé ?

— Rien.

— Et toi... tu as reçu beaucoup de choses ? »

Je hochai la tête en faisant signe que non, sans pouvoir répondre.

« Mais rien ? Rien de rien ?

— Cette année il n'y a pas eu de Noël à la maison. Papa est sans travail.

— Ce n'est pas possible. Vous n'avez même pas eu de châtaignes, de noisettes, ni de vin ?... »

— Seulement le pain perdu que Dindinha a fait et du café. »

Serginho resta pensif.

« Zézé, si je t'invite, tu accepterais ? »

Il commençait à deviner ce qu'il en était. Mais bien que je n'eus pas mangé, je ne voulais pas.

« Entrons. Maman te préparera une assiette. Il y a tellement de choses, tellement de gâteaux... »

Je ne m'y risquai pas. J'avais été souvent rabroué ces derniers jours. J'avais entendu plus d'une fois : « Je t'ai déjà dit de ne pas faire entrer ces gamins des rues dans la maison. »

« Non, merci beaucoup.

— Bon. Et si je demande à maman de faire un paquet avec des châtaignes et d'autres choses pour ton petit frère, tu l'emporteras ?

— Je ne peux pas non plus. Je dois terminer mon travail. »

Serginho découvrit alors ma caisse de cireur sur laquelle je m'étais assis.

« Mais personne ne cire le jour de Noël...

— Je suis parti toute la journée et je n'ai gagné que dix sous, et encore on m'en a donné cinq par charité. Il faut que je gagne encore deux sous.

— Pourquoi, Zézé ?

— Je ne peux pas te le dire. Mais il me les faut absolument. »

Il sourit, il avait eu une idée généreuse.

« Tu veux cirer les miennes ? Je te donnerai dix sous.

— Je ne peux pas non plus. Je ne fais pas payer les amis.

— Et si je te les donne, c'est-à-dire si je te prête ces deux cents reïs ?

— Je pourrai te les rendre plus tard ?

— Comme tu voudras. Tu pourras même me payer en billes.

— Ça, d'accord. »

Il plongea la main dans sa poche et me donna une pièce.

« Ne t'en fais pas, j'ai reçu beaucoup d'argent. Ma tirelire est pleine. »

Je passai la main sur la roue de la bicyclette.

« Elle est vraiment belle.

— Quand tu seras plus grand et que tu sauras t'en servir, je te laisserai faire un tour, d'accord ?

— D'accord. »

Je pris mes jambes à mon cou jusqu'au « Misère et Famine » en faisant brimbaler ma caisse de cireur.

J'entrai comme un tourbillon, craignant que ce ne soit déjà fermé.

« Vous avez encore des cigarettes chères ? »

Il prit deux paquets quand il vit l'argent dans le creux de ma main.

« Ce n'est pas pour toi, hein, Zézé ? »

Une voix dit derrière lui :

« Quelle idée ! Un marmot de cette taille !

— Tu ne connais pas le client. C'est un luron capable de tout.

— C'est pour papa. »

Je ressentais un bonheur immense en tournant les paquets dans mes mains.

« Celui-ci ou celui-là ?

— C'est toi qui sais.

— J'ai travaillé toute la journée pour acheter ce cadeau de Noël à papa.

— C'est vrai, Zézé ? Et lui, qu'est-ce qu'il t'a donné ?

— Rien, le pauvre. Il n'a toujours pas de travail, vous savez. »

Il eut l'air ému, et tout le monde se tut dans le bar.

« Si c'était pour vous, vous choisiriez lequel ?

— Les deux sont bien. Et tous les pères seraient contents de recevoir un cadeau comme ça.

— Enveloppez-moi celui-ci, s'il vous plaît. »

Il l'enveloppa mais il avait un air un peu drôle en me donnant le paquet. Il semblait vouloir dire quelque chose sans y parvenir.

Je lui donnai l'argent, il sourit.

« Merci, Zézé.

— Joyeuses fêtes, m'sieur !... »

Je me remis à courir jusqu'à la maison.

La nuit aussi était arrivée. Il y avait seulement une lampe allumée dans la cuisine. Tout le monde était sorti, mais papa était assis devant la table en regardant fixement le mur. Il était accoudé sur la table, le menton appuyé sur sa main.

« Papa.

— Qu'est-ce qu'il y a, mon petit ? »

Il n'y avait aucune rancune dans sa voix.

« Où étais-tu passé toute la journée ? »

Je montrai ma caisse de cireur.

Je posai la caisse par terre et enfonçai ma main dans ma poche pour sortir le paquet.

« Regardez, papa. Je vous ai acheté quelque chose de très joli. »

Il sourit, comprenant tout ce que ça m'avait coûté.

« Il vous plaît ? C'était le plus beau. »

Il ouvrit le paquet et huma le tabac en souriant, mais sans parvenir à dire quoi que ce soit.

« Fumez-en une, papa. »

J'allai au fourneau prendre une allumette. Je la craquai et l'approchai de la cigarette qu'il avait mise à la bouche.

Je m'éloignai pour assister à la première bouffée. Alors quelque chose se produisit en moi. Je jetai l'allumette par terre. Je sentais que je suffoquais.

J'éclatais en dedans. J'éclatais de cette douleur trop grande que j'avais remâchée toute la journée.

Je regardai papa, sa figure barbue, ses yeux.

Je parvins seulement à dire :

« Papa... papa... »

Et les sanglots couvrirent ma voix. Il ouvrit les bras et me serra tendrement contre lui.

« Ne pleure pas, mon petit. Tu auras beaucoup d'occasions pour pleurer dans la vie si tu restes un enfant aussi émotif...

— Je ne voulais pas, papa... Je ne voulais pas dire... ça.

— Je sais. Je sais. Je ne me suis pas fâché parce que, au fond, tu avais raison. »

Il me berça un moment.

Puis il souleva mon visage et l'essuya avec un torchon qui traînait par là.

« Voilà, c'est mieux. »

Je levai les mains et caressai sa figure. Je passai doucement les doigts sur ses yeux pour essayer de les remettre à leur place, pour qu'ils ne soient plus si grands. J'avais peur que, si je ne le faisais pas, ces yeux me suivent la vie entière.

« Allons, je vais terminer ma cigarette. »

La voix encore brouillée d'émotion je bégayais :

« Vous savez, papa, quand vous voudrez me battre je ne protesterai jamais plus... Vous pourrez me battre autant que vous voudrez...

— C'est bon, Zézé, c'est bon. »

Il me déposa par terre, moi et mes derniers sanglots, et il prit une assiette dans le placard.

« Glória t'a gardé un peu de salade de fruits. »

Je n'arrivais pas à avaler. Il s'assit et mit de petites
cuillerées dans ma bouche.

« C'est fini maintenant, c'est fini, mon petit ? »

Je fis oui avec la tête, mais les premières cuillerées
avaient un goût salé. Mes dernières larmes n'arri-
vaient pas à s'arrêter.

4

L'oiseau, l'école
et la fleur

La nouvelle maison, une vie nouvelle et des espoirs simples, de simples espoirs.

J'étais juché sur la charrette, entre seu Aristides et son aide, joyeux comme cette chaude journée.

Quand on eut quitté la route empierrée et pris la route Rio-São Paulo ce fut un enchantement. La charrette glissait doucement, c'était un délice. Une belle auto passa à côté de nous.

« Voilà l'auto du Portugais Manuel Valadares. »

Au moment où nous allions dépasser l'angle de la rue des Écluses un sifflement lointain emplit le matin.

« Vous entendez, seu Aristides. Voilà le Mangaratiba.

— Tu connais tout, toi, hein ?

— Je connais son cri. »

Les pattes des chevaux faisaient *tac, tac* sur la route. Rien d'autre. J'observai que la charrette n'était pas très neuve. Loin de là. Mais elle était solide et pratique. En deux voyages on aurait apporté toutes nos hardes. L'âne ne paraissait pas très vaillant. Mais je décidai d'être aimable.

« Vous avez une belle charrette, seu Aristides.

— Elle rend service.

— Et l'âne aussi est beau. Il s'appelle comment ?

— Tzigane. »

Il n'avait pas envie de parler.

« Aujourd'hui, c'est un grand jour pour moi. C'est la première fois que je monte sur une charrette, j'ai rencontré l'auto du Portugais et j'ai entendu le Mangaratiba. »

Silence. Rien.

« Seu Aristides, le Mangaratiba c'est le train le plus important du Brésil ?

— Non. C'est le plus important de cette ligne. »

Ça ne servait à rien. Que c'était difficile parfois de comprendre les grandes personnes !

Une fois arrivés devant la maison je lui donnai la clef et m'efforçai d'être cordial...

« Vous voulez que je vous aide à quelque chose ?

« — Tu nous aideras si tu ne restes pas dans nos jambes. Va jouer, je t'appellerai quand on repartira. »

Je me le tins pour dit et m'en allai.

« Minguinho, maintenant nous allons vivre toujours l'un près de l'autre. Je te ferai si beau qu'aucun arbre ne pourra se comparer à toi. Tu sais, Minguinho, aujourd'hui j'ai voyagé sur une grande charrette très confortable, on aurait dit une diligence qu'on voit dans les films. Écoute, tout ce que je saurai, je viendrai te le raconter, hein ? »

Je m'étais approché des hautes herbes du ruisseau et regardai couler l'eau sale.

« L'autre jour, on a dit que cette rivière s'appellerait comment, déjà ?

— L'Amazone.

— C'est ça. L'Amazone. Là, en bas, ce doit être plein de canots d'Indiens sauvages, s'pas Minguinho ?

— Tais-toi. C'est absolument certain. »

Nous avions à peine entamé notre conversation que seu Aristides fermait la maison et m'appelait.

« Tu restes ou tu rentres avec nous ?

— Je vais rester. Maman et mes sœurs doivent être déjà en route. »

Et je continuai à inspecter toutes les choses dans tous les coins.

Au commencement, par timidité ou parce que je voulais faire bonne impression aux voisins, je me comportais bien. Mais un après-midi je repensai au bas noir. Je l'entortillai dans une ficelle et coupai le bout du pied. Puis, à l'endroit du pied j'attachai un long fil de cerf-volant. De loin, en tirant doucement, ça avait l'air d'un serpent et dans l'obscurité ça ferait un effet fantastique.

Le soir, tout le monde vaquait à ses occupations. Il semblait que la nouvelle maison avait transformé l'état d'esprit de chacun de nous. Il régnait dans la famille une gaieté qu'on n'y voyait plus depuis long-temps.

J'attendis, sans bouger, près du portillon. La rue était mal éclairée par les lampes, sur les poteaux, et les hauts buissons d'euphorbes faisaient des pans d'ombre. Il devait y avoir des gens qui faisaient des heures supplémentaires à la fabrique. Mais ça ne dépassait guère huit heures et presque jamais neuf heures. Je pensai à la fabrique pendant un moment. Je ne l'aimais pas. Son sifflement, triste le matin, était encore pire à cinq heures. La fabrique était un dragon qui avalait des gens chaque jour et les vomissait très fatigués le soir. Je ne l'aimais pas non plus parce que Mr. Scottfield avait fait ça à papa...

Attention ! Une femme arrivait. Elle portait une ombrelle sous le bras et un sac à la main. On entendait même le bruit de ses semelles de bois qui claquaient dans la rue.

Je courus me cacher derrière le portillon et expérimentai le maniement du serpent. Il obéit. Il était parfait. Alors je me fis tout petit, petit dans l'ombre de la baie en tenant la ficelle dans ma main. Les sabots se rapprochaient, se rapprochaient, se rapprochaient, encore un peu et hop ! Je me mis à tirer le fil du serpent. Il glissa lentement au milieu de la rue. C'est que je ne m'attendais pas à ça. La femme poussa un grand cri qui réveilla la rue. Elle jeta en l'air son sac et son ombrelle et mit ses mains sur son ventre sans cesser de hurler.

« Au secours ! Au secours ! Un serpent ! À moi ! À l'aide !... »

Les portes s'ouvrirent et je lâchai tout, je bondis jusqu'à la maison et entrai dans la cuisine. J'ouvris précipitamment le panier de linge sale et me cachai dedans en refermant le couvercle sur moi. Le cœur battant d'émotion j'écoutais les cris de la femme.

« Ah ! mon Dieu, je vais perdre mon petit de six mois. »

À ce moment-là, je n'étais plus seulement inquiet, je commençais à trembler.

Les voisins la firent entrer, ses larmes et ses gémissements continuaient.

« Je n'en peux plus, je n'en peux plus, surtout un serpent, moi qui les crains tant.

— Buvez un peu d'eau de fleur d'oranger. Ça calme. Soyez tranquille, les hommes sont partis à sa poursuite avec des bâtons, une hache et une lanterne pour se diriger. »

Quel tohu-bohu du diable pour un malheureux serpent de chiffon ! Mais le pire c'est que les gens de la famille étaient aussi allés regarder. Jandira, maman et Lalà.

« Mais ce n'est pas un serpent, regardez. C'est un vieux bas. »

Dans mon effroi, j'avais oublié de retirer le serpent. J'étais fichu.

Derrière le serpent venait le fil et le fil aboutissait dans le jardin. Trois voix que je connaissais bien s'écrièrent à la fois :

« C'est lui ! »

Ce n'était plus le serpent qu'on poursuivait maintenant. Elles regardèrent sous les lits. Rien. Elles passèrent près de moi, je ne respirais plus. Elles sortirent regarder du côté de la cabane.

Jandira eut une idée.

« Je crois que je sais ! »

Elle souleva le couvercle du panier et me traîna par les oreilles jusqu'à la salle à manger.

Maman me battit dur cette fois-ci. La savate vola et je dus hurler pour atténuer la douleur et pour qu'elle cesse de me battre.

« Petite peste ! Tu ne sais pas comme c'est

pénible de transporter un enfant de six mois dans son ventre. »

Lalà commenta ironiquement :

« Il avait beaucoup attendu pour faire ses débuts dans cette rue !

— Maintenant au lit, garnement. »

Je sortis en frottant l'endroit meurtri et me couchai à plat ventre. Une chance que papa soit allé jouer à la manille. Je restai dans l'obscurité en avalant une dernière larme et en pensant que le lit était le meilleur remède pour guérir une fessée.

Je me levai tôt le lendemain. J'avais deux choses très importantes à faire : d'abord, jeter un coup d'œil sans en avoir l'air. Si le serpent était encore là, je le prendrais et le cacherais dans ma chemise. Il pourrait me servir ailleurs. Mais il n'y était pas. Ce serait difficile de trouver un autre bas qui ressemble autant à un serpent.

Je tournai les talons et partis chez Dindinha. Il fallait que je parle à l'oncle Edmundo.

J'entrai en sachant qu'il était encore très tôt pour sa vie de retraité. Il ne serait pas encore sorti pour jouer à la loterie, faire un peu la fête, comme il disait, et acheter les journaux.

En effet, il était dans la salle en train de faire une réussite inédite.

« Votre bénédiction, tonton ! »

Il ne répondit pas. Il faisait le sourd. À la maison, tout le monde disait qu'il avait l'habitude de faire ça quand la conversation ne l'intéressait pas.

Avec moi, ce n'était pas ça, non. D'ailleurs (comme j'aimais l'expression d'ailleurs) avec moi il n'était jamais vraiment sourd. Je tirai la manche de sa chemise et pensai une fois de plus que ses bretelles à carreaux noirs et blancs étaient vraiment très jolies.

« Ah ! C'est toi... »

Il faisait semblant de ne pas m'avoir vu.

« Comment s'appelle cette réussite, tonton ?

— C'est l'horloge.

— Elle est belle. »

Je connaissais déjà toutes les cartes du jeu. Mais je n'aimais pas beaucoup les valets. Je ne sais pas pourquoi ils avaient l'air d'être les domestiques des rois.

« Vous savez, tonton, je suis venu pour parler d'une affaire avec vous.

— Laisse-moi terminer. Après nous parlerons. »

Mais, bien vite, il mélangea toutes les cartes.

« Elle a réussi ?

— Non. »

Il entassa les cartes et les mit de côté.

« Bien, Zézé, si cette affaire est une affaire d'argent – il fit un geste avec les doigts –, je suis à sec.

— Même pas un petit centime pour des billes ? »

Il sourit.

« Un petit centime peut-être, qui sait ? »

Il allait mettre la main dans sa poche, mais je l'arrêtai :

« Je plaisantais, tonton, ce n'est pas ça.

— Alors c'est quoi ? »

Je sentais qu'il se délectait de mes précocités et depuis que je lisais sans avoir appris, les choses s'étaient beaucoup améliorées.

« Je voulais savoir une chose très importante. Vous êtes capable de chanter sans chanter ?

— Je ne comprends pas.

— Comme ça – et je chantai un couplet du *Cabanon*.

— Mais tu chantes, non ?

— C'est justement. Je peux faire la même chose en dedans sans chanter par-dehors. »

Ma naïveté le fit rire, mais il ne savait pas où je voulais en venir.

« Voilà, tonton, quand j'étais tout petit, je pensais que j'avais un oiseau au-dedans de moi qui chantait, c'était lui qui chantait.

— Eh bien, c'est une merveille d'avoir un oiseau pareil.

— Vous n'avez pas compris. Maintenant, je ne crois plus vraiment à mon oiseau. Mais quand je parle et que je vois en dedans de moi ? »

Il comprit et rit de mon embarras.

« Je vais t'expliquer, Zézé. Tu sais ce que c'est ? Ça veut dire que tu grandis. Quand on grandit, cette chose qui parle et qui voit, comme tu dis, s'appelle la conscience. C'est la conscience qui conduit à ce que je t'ai dit un jour que tu aurais bientôt...

— L'âge de raison ?

— C'est bien, tu te rappelles. Il arrive alors une chose extraordinaire. La conscience grandit, grandit et remplit toute notre tête et tout notre cœur. Elle apparaît dans nos yeux et dans tout ce qu'on fait.

— Je comprends. Et l'oiseau ?

— L'oiseau a été créé par le Bon Dieu pour aider les petits enfants à découvrir les choses. Ensuite, quand l'enfant n'en a plus besoin, il rend l'oiseau au Bon Dieu. Et le Bon Dieu le met dans un autre petit garçon intelligent comme toi. C'est joli, non ? »

Je ris, j'étais heureux parce que j'avais une conscience.

« Oui. Maintenant, je m'en vais.

— Et le sou ?

— Pas aujourd'hui. Je suis très occupé. »

Je partis dans la rue en pensant à tout ça. Et je me rappelai une chose très triste. Totoca avait une très jolie mésange. Elle grimpait doucement sur son doigt quand il lui changeait son mil. On pouvait même laisser la porte ouverte, elle ne s'enfuyait pas. Un jour, Totoca l'oublia dehors au soleil. Et le soleil brûlant la tua. Je revoyais Totoca la serrant dans ses mains et il pleurait, pleurait en appuyant l'oiseau mort contre sa joue. Il disait :

« Je n'aurai plus jamais d'oiseau, plus jamais. »

J'étais près de lui et je lui dis :

« Moi non plus, Totoca, je n'en aurai jamais. »

J'étais arrivé à la maison. J'allai droit à Minquinho.

« Xururuca, je viens pour faire quelque chose.

— Faire quoi ?

— On va attendre un peu.

— D'accord. »

Je m'assis et appuyai ma tête contre son tronc frêle.

« Qu'est-ce que nous allons attendre, Zézé ?

— Qu'il passe un beau nuage dans le ciel.

— Pour quoi faire ?

— Je vais lâcher mon oiseau. Oui, je n'ai plus besoin de lui... »

Nous regardâmes le ciel.

« Celui-là, Minquinho ? »

Je me levai. J'étais très ému. J'ouvris ma chemise. Je sentis qu'il quittait ma poitrine maigre.

« Envole-toi, petit oiseau, vole bien haut. Monte

te poser sur le doigt de Dieu. Il t'enverra vers un autre petit garçon et tu chanteras pour lui comme tu as chanté pour moi. Adieu, mon oiseau joli ! »

Je sentis un grand vide en moi.

« Regarde, Zézé. Il s'est posé sur le doigt du nuage.

— J'ai vu. »

J'appuyai ma tête contre le cœur de Minguinho et je regardai le nuage s'éloigner.

« Je n'ai jamais été méchant avec lui. »

Je tournai mon visage vers sa branche.

« Xururuca.

— Qu'y a-t-il ?

— C'est mal de pleurer ?

— Ce n'est jamais mal de pleurer, nigaud. Pourquoi ?

— Je ne sais pas. Je ne m'y suis pas encore habitué. J'ai l'impression que j'ai une petite cage vide dans mon cœur... »

Glória m'avait appelé très tôt.

« Fais voir tes ongles. »

Je montrai mes mains, elle approuva.

« Maintenant les oreilles.

— Oh ! Zézé. »

Elle m'emmena au lavoir, mouilla une serviette et savonna vigoureusement ma crasse.

« Je n'ai jamais vu quelqu'un dire qu'il est un guerrier Pinagé et être aussi sale ! Va mettre tes sandales, je vais te chercher des vêtements convenables. »

Elle se mit à fouiller dans mon tiroir. Elle fouilla tant et plus. Mais plus elle fouillait, moins elle trouvait. Tous mes pantalons étaient soit troués et usés, soit reprisés et rapiécés.

« Personne ne s'y tromperait. Il suffit d'ouvrir ce tiroir pour savoir quel enfant terrible tu es. Mets celui-ci, il est en moins mauvais état. »

Et nous voilà partis pour la découverte merveilleuse que j'allais faire.

Nous étions arrivés à l'école. Des tas de gens amenaient des enfants pour les inscrire.

« Conduis-toi bien et n'oublie pas ce que je t'ai dit, Zézé. »

Nous étions assis dans une salle pleine d'enfants qui se regardaient tous les uns les autres. Enfin, ce fut notre tour et nous pénétrâmes dans le bureau de la directrice.

« Votre petit frère ?

— Oui, madame. Maman n'a pas pu venir parce qu'elle travaille à la ville. »

Elle me regarda attentivement, elle avait de grosses lunettes qui lui faisaient des yeux très grands et très noirs. Ce qui était comique, c'est qu'elle avait des moustaches comme un homme. Ce devait être pour ça qu'elle était la directrice.

« Il n'est pas trop petit ?

— Il est menu pour son âge. Mais il sait déjà lire.

— Quel âge as-tu, petit ?

— J'aurai six ans le 26 février, madame.

— Très bien. Nous allons faire ta fiche. D'abord les parents. »

Glória donna le nom de papa. Quand vint le nom de maman elle dit seulement : « Estefânia de Vasconcelos. » Je n'y tins pas et abandonnai ma bonne tenue.

« Estefânia Pinagé de Vasconcelos.

— Comment ? »

Glória avait rougi.

« C'est Pinagé. Maman est d'une famille d'Indiens. »

J'étais très fier car je devais être le seul à avoir un nom d'Indien dans cette école.

Ensuite Glória signa un papier et resta immobile, indécise.

« Autre chose, fillette ?

— Je voulais savoir, au sujet des uniformes... Vous savez... papa est sans travail et nous sommes très pauvres. »

Ce qui fut confirmé quand la directrice me dit de me tourner pour voir ma taille et qu'elle vit aussi mes reprises.

Elle écrivit un numéro sur un papier et nous dit d'aller trouver dona Eulália.

Dona Eulália aussi s'étonna de ma petite taille et l'uniforme le plus petit qu'elle possédait me donnait l'air d'un poussin en culottes.

« C'est le seul que j'aie, mais il est grand pour lui. Quel enfant minuscule.

— Je vais l'emporter et je le raccourcirai. »

Je partis tout content avec mon cadeau de deux uniformes. J'imaginais la tête de Minguinho quand il me verrait dans mon costume neuf d'écolier.

Chaque jour je lui racontais tout. Comment c'était, comment ce n'était pas.

« On sonne une grosse cloche. Mais elle n'est pas aussi grosse que celle de l'église. Tu vois, non ? Tout le monde entre dans la cour et cherche l'endroit où se trouve sa maîtresse. Alors elle nous fait mettre en rang quatre par quatre, et on rentre en classe comme des moutons. On s'assied devant un bureau qui a un couvercle qui s'ouvre et qui se ferme, et on range nos affaires dedans. Il va falloir que j'apprenne des tas d'hymnes parce que la maîtresse a dit que, pour être un bon Brésilien et un patriote, on doit savoir l'hymne de notre patrie. Quand je le saurai je te le chanterai, s'pas, Minguinho ?... »

Et les nouveautés se succédèrent. Les disputes. Les découvertes d'un monde où tout était neuf.

« Petite, où vas-tu avec cette fleur ? »

Elle était mignonne, elle tenait à la main son livre et son cahier et elle avait deux petites tresses.

« Je la porte à ma maîtresse.

— Pourquoi ?

— Parce qu'elle les aime. Et que tous les élèves appliqués portent une fleur à leur maîtresse.

— Les garçons aussi peuvent en porter ?

— S'ils aiment leur maîtresse, ils le peuvent.

— Ah ! oui ?

— Oui. »

Personne n'apportait la moindre fleur à ma maîtresse, dona Cecília Paim. Ce devait être parce qu'elle était laide. Si elle n'avait pas eu une tache sur l'œil, elle n'aurait pas été si laide. Mais c'était la seule personne qui me donnait de temps en temps un sou pour acheter un beignet fourré à la pâtisserie quand arrivait la récréation.

J'observai les autres classes, sur toutes les tables le verre avait des fleurs. Sauf dans la mienne où il restait vide.

Mais ma plus grande aventure la voici :

« Tu sais, Minguinho, aujourd'hui j'ai fait la chauve-souris.

— Comme ce fameux Luciano dont tu m'as parlé, celui qui devait venir habiter avec nous ?

— Non, bêta. J'ai fait la chauve-souris derrière une auto. Tu attends qu'une voiture passe bien lentement devant l'école et tu t'accroches à la roue de secours. Et tu roules, c'est une merveille. Quand on arrive près du carrefour et que le conducteur ralentit pour regarder s'il vient une autre voiture, tu sautes. Mais tu fais bien attention en sautant. Si tu sautes trop vite, tu te retrouves le derrière par terre et les bras tout écorchés. »

Et je bavardais en lui racontant tout ce qui arrivait en classe et à la récréation. Il fallait voir comme il se redressa de fierté quand je lui dis qu'à la classe de lecture, dona Cecília Paim avait dit que c'était moi qui lisais le mieux, qui avais la meilleure prononciation. Ça me posait des problèmes et je décidai qu'à la première occasion je demanderais à l'oncle Edmundo si j'avais vraiment une bonne prononciation.

« Mais pour revenir à la chauve-souris, pour t'en donner une idée, c'est presque aussi agréable que de monter à cheval sur ta branche.

— Mais avec moi tu ne cours pas de danger.

— Pas de danger ? Et quand tu galopes comme un fou dans les plaines de l'Ouest. Quand on va chasser les buffles et les bisons, tu as oublié ? »

Il dut reconnaître que j'avais raison, car il ne parvenait jamais à avoir le dernier mot quand il discutait avec moi.

« Mais il y en a une, Minguinho, il y en a une que personne n'a eu le courage de prendre. Tu sais laquelle ? La grosse auto du Portugais Manuel Valadares. Tu connais un nom aussi laid, Manuel Valadares...

— Oui, c'est laid. Mais je pense à quelque chose.

— Tu penses que je ne sais pas à quoi tu penses ? Si, Minguinho, mais pas pour l'instant. Laisse-moi encore m'entraîner... Après, je m'y risquerai. »

Et les jours passaient dans un bonheur parfait. Un matin, j'arrivai avec une fleur pour ma maîtresse. Elle en fut très émue et me dit que j'étais un gentleman.

« Tu sais ce que c'est, Minguinho ?

— Un gentleman, c'est une personne très bien élevée, un peu comme un prince. »

Chaque jour, je prenais plus de goût à la classe et je m'appliquais davantage. On ne s'y plaignait jamais de moi. Glória disait que je laissais mon petit diable enfermé dans le tiroir et que je devenais un autre enfant.

« Tu penses que c'est vrai, Minguinho ?

— Bien sûr que je le pense.

— Si c'est comme ça, moi qui allais te raconter un secret, je ne te le raconterai pas. »

Je m'éloignai d'un air offensé. Mais il ne s'en inquiéta pas, car il savait que ma mauvaise humeur ne durait pas.

Le secret devait arriver ce soir, mon cœur bondissait d'anxiété. Enfin la fabrique siffla et les gens sortirent. Les jours d'été s'allongeaient interminablement avant que la nuit n'arrive. Même l'heure du dîner n'arrivait jamais. Je restais au portillon à regarder les choses, sans idée de serpent ni de rien. Je restais assis en attendant maman. Jandira finit par s'en étonner et me demanda si j'avais mal au ventre pour avoir mangé des fruits verts.

La silhouette de maman apparut au coin de la rue. C'était bien elle. Personne au monde ne lui ressemblait. Je me levai d'un bond et courus à sa rencontre.

« Votre bénédiction, maman. »

J'embrassai sa main. Malgré le maigre éclairage de la rue, je voyais qu'elle avait le visage fatigué.

« Vous avez beaucoup travaillé aujourd'hui, maman ?

— Beaucoup, mon petit. Il faisait une chaleur à mourir près des métiers.

— Donnez-moi votre sacoche, vous êtes fatiguée. »

Et je portais la sacoche qui contenait sa marmite vide.

« Beaucoup de bêtises, aujourd'hui ?

— Presque pas, maman.

— Pourquoi es-tu venu m'attendre ? »

Elle cherchait.

« Maman, vous m'aimez bien un tout petit peu ?

— Je t'aime comme j'aime les autres. Pourquoi ?

— Maman, vous connaissez Nardinho ? Le neveu du Canard Boiteux ? »

Elle rit.

« Je me souviens de lui.

— Vous savez, maman, sa mère lui a fait un très joli costume. Vert avec un galon blanc. Et un petit gilet qui se boutonne jusqu'au cou. Mais il est trop petit pour lui. Et il n'a pas de frère pour en profiter. Il a dit qu'il voudrait le vendre... Vous voulez l'acheter ?

— Oh ! mon petit ! Les choses sont déjà si difficiles.

— Mais on peut payer en deux fois. Et il n'est pas cher. Il ne fait pas payer la façon. »

Je répétais les phrases de Jacob le fripier.

« Maman, je suis l'élève le plus appliqué de ma classe. La maîtresse a dit que j'aurai un bon point... Achetez-le, maman. Il y a si longtemps que je n'ai pas eu d'habit neuf. »

Son silence commençait à m'angoisser.

« Voyez-vous, maman, si je n'ai pas celui-ci, je n'aurai jamais mon costume de poète. Lalá me fera une cravate avec un grand nœud dans un restant de soie qu'elle a.

— C'est bon, mon petit. Je ferai une semaine d'heures de nuit et je t'achèterai ton costume. »

Alors je lui embrassai la main et j'allai jusqu'à la maison en tenant ma joue appuyée contre sa main.

C'est ainsi que j'eus mon costume de poète. J'étais si beau que l'oncle Edmundo m'emmena me faire photographier.

L'école. La fleur. La fleur. L'école...

Tout alla très bien jusqu'à ce que Godofredo entre dans ma classe. Il s'excusa et alla parler à dona Cecília Paim. Je sais seulement qu'il montra la fleur dans le verre. Ensuite il sortit. Elle me regarda avec des yeux tristes.

À la fin de la classe, elle m'appela.

« Je veux te parler de quelque chose, Zézé. Attends un moment. »

Elle n'en finissait plus de ranger ses affaires dans son sac. Il était clair qu'elle n'avait aucune envie de me parler et qu'elle essayait de se donner du courage. Enfin elle se décida.

« Godofredo m'a raconté quelque chose de très mal sur ton compte, Zézé. C'est vrai ? »

Je hochai la tête affirmativement.

« Pour la fleur ? C'est vrai, madame.

— Comment as-tu fait ?

— Je me lève plus tôt et je passe par le jardin de Serginho. Quand le portail est entrouvert, j'entre vite et je vole une fleur. Mais il y en a tant que ça ne se voit pas.

— Oui. Mais ce n'est pas bien. Tu ne dois pas faire ça. Ce n'est pas un vol mais c'est déjà un larcin.

— Non, dona Cecília. Le monde appartient au Bon Dieu, n'est-ce pas ? Tout ce qui existe dans le monde est au Bon Dieu ? Alors, les fleurs aussi... »

Elle resta stupéfaite de ma logique.

« Je ne pouvais pas faire autrement, madame. À la maison, il n'y a pas de fleurs. Et ça coûte cher... Je ne voulais pas que le verre soit toujours vide sur votre table. »

Elle soupira.

« Quelquefois vous me donnez de l'argent pour acheter un beignet soufflé, n'est-ce pas ?

— Je pourrais t'en donner tous les jours. Mais tu ne...

— Je ne pourrais pas accepter tous les jours.

— Pourquoi ?

— Parce qu'il y a d'autres enfants qui n'ont pas non plus de goûter. »

Elle tira son mouchoir de sa poche et le passa furtivement sur ses yeux.

« Vous connaissez la Corujinha ?

— Qui est-ce la Corujinha ?

— Cette petite fille noire de ma taille ; sa mère lui fait des couettes qu'elle attache avec un lacet.

— Je vois. Dorotília ?

— C'est ça, madame, Dorotília est plus pauvre que moi. Et les autres enfants n'aiment pas jouer avec elle parce qu'elle est noire et trop pauvre. Alors elle reste toujours dans un coin. Je partage avec elle le beignet que vous me donnez. »

Cette fois, elle garda longtemps le mouchoir devant son nez.

« Quelquefois, au lieu de me le donner à moi, vous pourriez le lui donner à elle. Sa mère est laveuse et elle a onze enfants, tous petits. Dindinha, ma grand-mère, lui donne tous les samedis un peu de haricot noir et de riz pour les aider. Et je partage mon beignet parce que maman m'a appris qu'on doit partager le peu qu'on a avec les plus pauvres que soi. »

Ses larmes coulaient.

« Je ne voulais pas vous faire pleurer. Je vous promets de ne plus voler de fleur et d'être un élève de plus en plus appliqué.

— Ce n'est pas ça, Zézé. Viens là. »

Elle prit mes mains dans les siennes.

« Tu vas me promettre une chose, tu as un cœur merveilleux, Zézé.

— Je vous promets, mais je ne veux pas vous

tromper. Je n'ai pas un cœur merveilleux. Vous dites ça parce que vous ne me connaissez pas à la maison.

— Ça n'a pas d'importance. Pour moi, tu l'as. Dorénavant, je ne veux plus que tu m'apportes de fleurs. Sauf si on t'en donne une. C'est promis ?

— C'est promis. Mais le verre ? Il restera toujours vide ?

Ce verre ne sera plus jamais vide. Quand je le regarderai, j'y verrai toujours la fleur la plus belle du monde. Et je penserai : c'est mon meilleur élève qui me l'a donnée. C'est entendu ? »

Elle riait maintenant. Elle lâcha ma main et dit avec douceur :

« Maintenant, tu peux t'en aller, petit cœur d'or... »

5

« Dans un cachot
je veux te voir mourir »

La première chose, une chose très utile, que l'on apprenait à l'école, c'étaient les jours de la semaine. Et maître des jours de la semaine, je savais qu'il venait le mardi. Je découvris ensuite qu'un mardi sur deux il allait dans les rues de l'autre côté de la gare et le suivant il venait de notre côté.

C'est pourquoi, ce mardi-là, je fis l'école buissonnière. Je ne voulais pas que Totoca le sache ; sinon je devrais l'acheter avec des billes pour qu'il ne raconte rien à la maison. Comme c'était tôt et qu'il devait apparaître quand l'horloge de l'église sonnerait neuf heures, je fis un tour dans les rues. Des rues sans danger, bien sûr. D'abord je m'arrêtai à l'église et je jetai un coup d'œil aux statues. J'avais un peu peur de ces statues immobiles, entourées de bougies. Les bougies tremblotaient et faisaient trembloter les saints. Je me demandais si c'était vraiment agréable d'être un saint et de rester tout le temps immobile, immobile.

Je fis un tour à la sacristie, seu Zacarias était occupé à enlever les vieilles bougies des chandeliers et à en mettre de neuves. Il alignait les petits morceaux brûlés sur la table.

« Bonjour, seu Zacarias. »

Il s'arrêta, repoussa ses lunettes sur le bout du nez, renifla, se retourna et répondit :

« Bonjour, petit.

— Vous voulez que je vous aide ? »

Je dévorais des yeux les bouts de chandelle.

« Pour que tu me mettes la pagaille ! Tu n'as pas été à l'école aujourd'hui ?

— Si. Mais la maîtresse n'est pas venue. Elle avait mal aux dents.

— Ah ! »

Il se retourna à nouveau en remettant ses lunettes sur le bout du nez.

« Quel âge as-tu, petit ?

— Cinq ans. Non, six. Non, pas six, cinq exactement.

— Enfin, cinq ou six ? »

Je pensai à l'école et mentis :

« Six.

— Eh bien, à six ans, tu as l'âge de commencer le catéchisme.

— Et je peux ?

— Pourquoi pas ? Il suffit de venir le jeudi après-midi, à trois heures. Tu veux venir ?

— Ça dépend. Si vous me donnez les morceaux de bougies, je viendrai.

— Pourquoi veux-tu les morceaux de bougies ? »

Le diable venait de me souffler quelque chose. Je mentis à nouveau :

« C'est pour cirer le fil de mon cerf-volant, ça le rend plus solide.

— Alors emporte-les. »

Je ramassai les bougies brûlées et les mis dans ma sacoche avec mes cahiers et mes livres. J'étais aux anges.

« Merci beaucoup, seu Zacarias.

— N'oublie pas, hein ? Jeudi. »

Je partis en courant. Comme il était tôt, j'avais le temps de faire ça. Je courus devant le casino et, comme il n'y avait personne, je traversai la rue et frottai le plus rapidement possible les petits morceaux de bougies sur le trottoir. Puis je traversai en courant et attendis, assis devant l'une des portes fermées du casino. Je voulais voir de loin qui allait glisser le premier.

J'étais presque découragé d'attendre. Subitement, plouft ! Mon cœur fit un bond, dona Corinha, la mère de Nanzeazena, sortait d'une maison avec un fichu et un livre et se dirigeait vers l'église.

« Sainte Vierge ! »

Il fallait que ça tombe sur elle, une amie de ma mère, et Nanzeazena qui était une amie intime de Glória ! Je n'avais pas le courage de regarder. Je pris mes jambes à mon cou jusqu'au coin de la rue et m'arrêtai pour jeter un coup d'œil en arrière. Elle s'était affalée par terre et vociférait.

Des gens l'entouraient pour voir si elle ne s'était pas fait mal, mais, à sa façon de crier, elle devait seulement s'être un peu talée.

« Ce sont ces gamins effrontés qui rôdent par là. »

Je respirai, j'étais soulagé. Mais pas si soulagé que ça quand je sentis une main, derrière moi, saisir ma sacoche.

« C'est toi qui as fait ça, hein, Zézé ? »

Seu Orlando Cabelo-de-Fogo. Justement lui qui avait été si longtemps notre voisin. J'en perdis l'usage de la parole.

« C'est toi, oui ou non ?

— Vous ne le direz pas à la maison ?

— Je ne dirai rien. Mais écoute bien, Zézé. Pour cette fois ça passe parce que cette vieille-là est une langue de vipère. Mais ne t'amuse pas à recommencer, quelqu'un pourrait se casser la jambe. »

Je pris l'air le plus obéissant du monde et il me lâcha.

Je retournai flâner autour du marché en attendant qu'il arrive. Avant, je passai à la pâtisserie de seu Rozemberg, je lui dis avec un sourire :

« Bonjour, seu Rozemberg. »

Il me rendit un bonjour sec et ne fit pas mine de me donner des bonbons. Fils de p... ! Il ne m'en donnait que lorsque j'étais avec Lalá.

« Vite, le voilà. »

Au même moment, neuf heures sonnèrent à l'horloge. Il n'était jamais en retard. J'entrepris de le suivre à distance. Il prit la rue du Progrès et s'arrêta presque à l'angle. Il posa sa sacoche par terre et jeta sa veste sur son épaule gauche. Ah ! Quelle belle chemise à carreaux ! Quand je serai un homme, j'aurai une chemise comme celle-là. De plus, il avait un foulard rouge autour du cou et son chapeau posé un peu en arrière. Alors il commença, d'une grosse voix qui remplit la rue de gaieté :

« Approchez, braves gens ! Les nouveautés du jour ! »

Son accent de Bahianais aussi était beau.

« Les succès de la semaine. *Claudionor !... Pardon...* La dernière chanson de Chico Viola. Le dernier succès de Vicente Celestino. Écoutez, braves gens, c'est la dernière mode. »

Cette façon de prononcer les mots presque en chantant me fascinait.

Ce que je voulais qu'il chante, c'était *Fanny*. Il la chantait toujours et je voulais l'apprendre. Quand il arrivait au passage : « Dans un cachot je veux te voir mourir », je frissonnais, tant c'était beau. Il enfla la voix et entonna *Claudionor*.

J'allai danser l'samba sur le morro d'la Mangueira
Une fillette m'appela d'une manière, d'une manière...
Non, non je n'irai pas, son mari est costaud.
*   J'ai peur de son couteau...*
Non, non je n'irai pas, son mari est costaud.
Pour nourrir sa famille il peine sur le port...

Il s'arrêtait et annonçait :

« Des chansons à tous les prix, soixante chansons nouvelles ! Les derniers tangos. »

Voilà, j'étais heureux. *Fanny*.

Tu as profité de c'que la pauvre était seulette
Elle n'a pas eu l'temps d'appeler de sa voix fluette.
Tu l'as poignardée sans pitié ni compassion.

(Alors sa voix se faisait suave, douce, tendre à fendre le cœur le plus dur.)

La pauvre, pauvre Fanny qui avait le cœur si bon.
Je jure, par Dieu, que tu dois aussi souffrir...

Dans un cachot je veux te voir mourir.
Tu l'as poignardée sans pitié ni compassion
La pauvre, pauvre Fanny qui avait le cœur si bon.

Les gens sortaient des maisons et achetaient un feuillet en cherchant bien celui qui leur plaisait le plus. Et moi, j'étais collé à lui à cause de *Fanny*.

Il se tourna vers moi avec un large sourire.

« Tu en veux un, petit ?

— Non, monsieur. Je n'ai pas d'argent.

— Je m'en doutais. »

Il prit sa sacoche et fit quelques pas en criant dans la rue :

« La valse *Pardon ! Je fume en t'attendant* et *Adieu, garçons,* des tangos encore plus en vogue que *Nuit des rois.* En ville on ne chante que ça... *Lumière céleste,* une vraie merveille. Écoutez ces paroles ! »

Et il reprenait à pleine voix :

Dans tes yeux brille une lumière céleste et je crois voir
Une pluie d'étoiles briller dans l'espace sidéral.
Je jure qu'aux cieux il ne peut y avoir
Des yeux plus fascinants que tes yeux...

Oh ! Laisse tes yeux fixer les miens pour ne pas oublier
La triste histoire d'un amour que la lune a bercé...
Des yeux qui disent sans parler l'infortune
D'un amour sans espoir...

Il annonça d'autres titres, vendit quelques feuillets et m'aperçut à nouveau. Il s'arrêta et m'appela d'un geste.

« Approche-toi, pitchounet. »

J'obéis en riant.

« Tu vas t'arrêter de me suivre, oui ou non ?

— Non, monsieur. Personne au monde ne chante aussi bien que vous. »

Il eut l'air flatté et un peu désarmé. Je vis que je commençais à gagner la partie.

« Mais tu as l'air d'une vraie sangsue.

— C'est parce que je voulais voir si vous chantiez mieux que Vicente Celestino et que Chico Viola. Et vous chantez bien mieux. »

Il eut un grand sourire.

« Tu les as déjà entendus, pitchounet ?

— Oui, monsieur. Sur le phonographe du fils du docteur Adaucto Luz.

— C'est que le phono était vieux ou que l'aiguille était abîmée.

— Non, monsieur. C'était un phono tout neuf qu'il venait de recevoir. Quand vous chantez, c'est bien mieux. J'ai aussi pensé à quelque chose.

— Dis voir.

— Je vais avec vous. Bon. Vous m'apprenez combien coûtent les feuillets. Vous, vous chantez, et moi, je les vends. Tout le monde achète volontiers aux enfants.

— Ce n'est pas une mauvaise idée, pitchounet. Mais dis-moi une chose. Tu viens parce que tu le veux. Je ne peux pas te payer.

— Mais je ne veux rien.

— Alors pourquoi ?

— C'est que j'aime beaucoup chanter. J'aime apprendre. Je trouve que *Fanny,* c'est la plus belle chanson du monde. Et puis, à la fin de la journée, si vous voyez que vous avez bien vendu, vous pourriez prendre un vieux feuillet que personne n'achètera et me le donner pour que je le porte à ma sœur. »

Il souleva son chapeau et se gratta la tête où ses cheveux étaient presque ras.

« J'ai une grande sœur qui s'appelle Glória et je les lui porterai. C'est tout.

— Eh bien, allons-y. »

Et nous voilà partis en chantant et en vendant. Lui chantait et moi j'apprenais.

Quand il fut midi, il me regarda, vaguement préoccupé.

« Tu ne vas pas chez toi pour déjeuner ?

— Pas avant que nous ayons terminé notre travail. »

Il se gratta à nouveau la tête.

« Viens avec moi. »

On s'assit tous les deux dans un bistrot de la rue Cêres et il sortit un gros sandwich du fond de sa sacoche. Il prit un couteau à sa ceinture. Un couteau terrifiant. Il coupa un morceau de sandwich et il me le donna. Ensuite, il but un petit verre d'eau-de-vie et il demanda deux verres de limonade pour accompagner notre casse-croûte... Il disait casse-croûte en prononçant le *e*. Tout en portant le sandwich à sa bouche, il m'examinait de tous ses yeux et ses yeux avaient l'air très contents.

« Tu sais, pitchounet, tu me portes chance. J'ai une ribambelle de moutards et je n'ai jamais eu l'idée d'en amener un pour m'aider. »

Il avala une grande gorgée de limonade.

« Quel âge as-tu ?

— Cinq ans. Six... cinq.

— Cinq ou six ?

— Je n'ai pas encore six ans.

— Ben, tu es un petit garçon très intelligent et très gentil.

— Ça veut dire qu'on se retrouvera mardi prochain ? »

Il rit.

« Si tu veux.

— Bien sûr que je veux. Mais je dois m'arranger avec ma sœur. Elle comprendra. Ce sera bien, parce que je ne suis jamais allé de l'autre côté de la gare.

— Comment sais-tu que j'irai là-bas ?

— Parce que chaque mardi je vous attends. Une

112

fois vous venez et l'autre pas. Alors j'ai pensé que vous alliez de l'autre côté du chemin de fer.

— En voilà un luron. Comment t'appelles-tu ?

— Zézé.

— Moi, Ariovaldo. Tope là. »

Il prit ma main dans ses grosses mains calleuses pour sceller notre amitié jusqu'à la mort.

Ce ne fut pas très difficile de convaincre Glória.

« Mais, Zézé, un jour par semaine, et tes leçons ? »

Je lui montrai mon cahier, mes copies étaient toutes bien faites et bien écrites. Les notes étaient excellentes. Je fis de même avec mon cahier d'arithmétique.

« Et en lecture, Godóia, je suis le meilleur. »

Néanmoins, elle ne se décidait pas.

« Ce qu'on étudie, on le répète pendant six mois, toujours la même chose. Avant que cette bande d'ânes apprenne, il faut du temps. »

Elle rit.

« Quelle expression, Zézé !

— C'est vrai, Godóia, on apprend bien plus de choses en chantant. Tu veux voir toutes les choses nouvelles que j'ai apprises ? Ensuite, l'oncle Edmundo m'a expliqué. Par exemple : infortune, céleste, sidéral. Et par-dessus le marché je t'apporterai une chanson chaque semaine et je t'apprendrai les plus belles choses du monde.

— D'accord. Mais il y a un autre problème. Que dirons-nous à papa quand il remarquera que le mardi tu ne viens pas déjeuner ?

— Il ne le remarquera pas. Si un jour il te pose une question, tu mentiras. Tu diras que j'ai été déjeuner avec Dindinha. Que je suis allé faire une commission chez Nanzeazena et que je suis resté déjeuner. »

Sainte Vierge ! Heureusement que c'était une supposition parce que si cette vieille-là savait ce que j'avais fait !...

Elle finit par accepter, car elle savait que c'était un moyen pour que je n'invente pas de sottises et que, de ce fait, je me ferais moins battre. Et puis c'était agréable, le mercredi, de rester sous les orangers en lui apprenant les chansons.

J'avais l'impression que le mardi n'arriverait jamais. J'allais attendre seu Ariovaldo à la gare. Quand il ne manquait pas son train, il arrivait à huit heures et demie.

Je flânais dans toutes sortes d'endroits en observant tout. J'aimais passer par la pâtisserie et regarder les gens descendre l'escalier de la gare. C'était un bon endroit pour cirer les chaussures. Mais Glória me l'interdisait. Parce que la police pouvait me chasser et prendre ma caisse. Et, surtout, il y avait le train. Je ne pouvais y aller que si seu Ariovaldo me donnait la main, même en prenant le pont pour traverser la voie.

Je le voyais qui arrivait en se dépêchant. Depuis *Fanny*, il était convaincu que je savais ce que les clients aimaient acheter.

Nous allions nous asseoir sur le mur devant la gare, en face du jardin de la fabrique ; il ouvrait le feuillet du jour et me montrait la chanson en me chantant le début. Quand je ne la trouvais pas bonne, il en prenait une autre.

« Celle-ci est nouvelle : *L'Enjôleuse.* »

Il se remit à chanter.

« Chantez-la encore une fois. »

Il répéta le couplet final.

« Celle-ci, seu Ariovaldo, avec *Fanny* et les tangos, on va tout vendre. »

Et nous parcourions les rues pleines de soleil et de poussière. Nous étions des oiseaux chanteurs qui clamaient l'été venu.

Sa belle voix sonore éveillait le matin.

« Le succès de la semaine, du mois, de l'année. *L'Enjôleuse* qu'a enregistrée Chico Viola.

La lune se lève, couleur d'argent,
Dans les hauts de la montagne verdoyante.
Et la lyre du chanteur de sérénades
À la fenêtre de son aimée donne l'aubade.

Au son de la mélodie de la passion.
Aux cordes de la guitare profonde
Le chanteur du soir confesse à sa belle
Tout ce que son cœur dit pour elle...

Là, il marquait un temps d'arrêt, battait la mesure avec la tête et je l'accompagnais de ma petite voix.

Ô belle image de femme envoûtante
Ah ! si je pouvais pour toi élever un autel.
Tu es ma lumière, l'image de mes songes,
Celle qui ne doit pas travailler, mon enjôleuse belle...

C'était quelque chose ! Les jeunes filles se précipitaient pour l'acheter, des jeunes gens, des personnes de tout âge et de toutes sortes.

Ce que j'aimais surtout, c'était vendre les brochures à quatre cents et à cinq cents reïs. Quand c'était une jeune fille, c'était vu d'avance :

« Votre monnaie, dona.

— Garde-la pour acheter des bonbons. »

Je prenais même la façon de parler de seu Ariovaldo.

Midi, comme d'habitude. Nous entrions dans le premier bistrot venu et *troquète, troquète, troquète,* nous dévorions notre sandwich en buvant tantôt un soda à l'orange, tantôt un soda à la groseille.

Alors, je plongeais ma main dans ma poche et j'étalais l'argent sur la table.

« Voilà, seu Ariovaldo. »

Et je poussais les pièces vers lui. Il souriait et déclarait :

« Tu es un gamin très régulier, Zézé.

— Seu Ariovaldo. Qu'est-ce que c'est "pitchounet" comme vous m'appeliez avant ?

— Dans mon pays, la sainte Bahia, ça veut dire un enfant tout petit, gringalet, minuscule... »

Il se gratta la tête et mit la main devant sa bouche pour faire un rot. Il s'excusa et prit un cure-dent. Et l'argent restait à la même place.

« J'étais en train de penser, Zézé... à partir d'aujourd'hui, tu peux garder la petite monnaie. En fin de compte, nous sommes des duettistes.

— Qu'est-ce que c'est des duettistes ?

— C'est quand deux personnes chantent ensemble.

— Alors je peux acheter un *maria-mole ?*

— Fais ce que tu veux. L'argent est à toi.

— Merci, camarade. »

Il rit de mon imitation. Je le regardais en mangeant mon gâteau.

« On est vraiment des duettistes ?

— Maintenant, oui.

— Alors, laissez-moi chanter l'accompagnement de *Fanny.* Vous chanterez fort et j'accompagnerai d'une voix bien douce.

— Ce n'est pas une mauvaise idée, Zézé. »

— Bon. Quand on repartira après le déjeuner, on commencera par *Fanny,* elle a un succès terrible. »

Et sous le soleil brûlant nous nous remîmes au travail.

Nous venions de commencer *Fanny* quand une catastrophe se produisit. Dona Maria da Penha arrivait en face de nous, l'air confit sous son ombrelle et la figure tout enfarinée de poudre de riz. Elle s'arrêta en entendant notre *Fanny.* Seu Ariovaldo devina la tragédie et me poussa du coude pour que je me remette à marcher tout en continuant de chanter. Mais en vain ! J'étais si fasciné par l'accompagnement de *Fanny* que je ne m'aperçus de rien.

Dona Maria da Penha ferma son ombrelle et, avec la pointe, se mit à tapoter le bout de sa chaussure. Quand j'eus terminé, elle prit un air indigné et s'écria :

« C'est joli ! C'est vraiment joli de faire chanter à un enfant une pareille immoralité !

— Dona, mon travail n'a rien d'immoral. C'est un travail honnête, je n'en ai pas honte, vous savez ? »

Je n'avais jamais vu seu Ariovaldo aussi irrité. Elle voulait la bagarre, elle l'aurait.

« Cet enfant est votre fils ?

— Non, madame, *malheureusement.*

— Votre neveu, quelqu'un de votre famille ?

— Pas du tout de ma famille.

— Quel âge a-t-il ?

— Six ans. »

Elle eut des doutes en regardant ma taille. Mais elle poursuivit :

« Vous n'avez pas honte d'exploiter un bambin ?

— Je n'exploite rien du tout, dona. Il chante avec moi parce qu'il le veut et que ça lui plaît, compris ? Et puis je le paie. Je ne te paie pas ? »

Je fis signe que oui avec la tête. Je trouvais la dispute formidable. J'avais envie de lui donner un coup de tête dans le ventre pour l'entendre tomber par terre. Boum !

« Sachez que je vais prendre des mesures. Je vais en parler à M. le curé. Je vais en parler au juge des mineurs. J'irai même à la police. »

À ce moment-là, elle se tut et ouvrit des yeux effrayés. Seu Ariovaldo avait tiré son grand couteau et s'approchait d'elle. Je voyais le moment où elle allait s'évanouir.

« Allez-vous-en, dona. Allez-vous-en. Tout de suite. Je ne suis pas méchant, mais j'ai la manie de couper la langue aux vieilles sorcières trop bavardes qui se mêlent de la vie des autres... »

Elle s'éloigna, raide comme un balai. Un peu plus loin, elle se retourna et brandit son ombrelle d'un geste vengeur...

« Vous allez voir !...

— Disparaissez, espèce de sorcière de Scrogneu-gneu !... »

Elle ouvrit son ombrelle et s'éloigna très raide.

L'après-midi, seu Ariovaldo comptait la recette.

« J'ai tout vendu, Zézé. Tu avais raison. Tu me portes chance. »

Je repensai à dona Maria da Penha.

« Elle va faire quelque chose ?

— Rien du tout, Zézé. Au pire, elle en parlera au curé et le curé lui conseillera : "Il vaut mieux aban-donner, dona Maria. Ces gens du Nord ne plai-santent pas."

Il mit l'argent dans sa poche et roula la sacoche. Ensuite, il prit un feuillet plié en quatre dans la poche de son pantalon.

« Ça, c'est pour ta sœur Glória. »

Il s'étira.

« Ç'a été une journée de première ! »

On se reposa quelques minutes.

« Seu Ariovaldo ?

— Qu'y a-t-il ?

— Qu'est-ce que c'est "sorcière de Scrogneu-gneu" ?

— Qu'est-ce que j'en sais, mon petit ? J'ai inventé ça dans la colère. »

Et tout content, il éclata de rire.

« Vous vouliez vraiment lui ouvrir le ventre ?

— Bien sûr que non. C'était pour lui faire peur.

— Si vous lui aviez ouvert le ventre, qu'est-ce qui serait sorti, des tripes ou de la bourre comme dans les poupées ? »

Il me tapota amicalement la joue en riant.

« Tu veux que je te dise, Zézé ? Je crois que ç'aurait été de la m... »

Nous nous mîmes à rire tous les deux.

« N'aie pas peur va. Je suis incapable de tuer quelqu'un, même pas une poule. Et j'ai tellement peur de ma femme que c'est elle qui me donne des coups de manche à balai. »

Il se leva pour aller à la gare. Il me serra la main en disant :

« Pour plus de sûreté, on restera une *paire de semaines* sans passer dans cette rue. »

Il serra plus fort ma main.

« À la s'maine prochaine, camarade. »

Je fis un signe de tête affirmatif et il monta lentement l'escalier de la gare.

Du sommet il me cria :

« Tu es un ange, Zézé. »

Je lui dis au revoir et me mis à rire.

« Un ange ! S'il savait... »

SECONDE PARTIE

C'est alors
qu'apparut le petit Jésus
dans toute sa tristesse.

1

La chauve-souris

« Dépêche-toi, Zézé, tu vas manquer l'école ! »

J'étais assis devant la table et je prenais mon bol de café avec du pain sec sans me hâter le moins du monde. Comme d'habitude, j'avais un coude sur la table et je regardais le calendrier épinglé au mur.

Glória était nerveuse et agitée. Il lui tardait de nous voir disparaître toute la matinée pour se livrer en paix aux travaux du ménage.

« En route, diablotin. Tu n'es même pas coiffé ; tu devrais faire comme Totoca qui est toujours prêt à l'heure. »

Elle était allée chercher un peigne et lissait ma petite frange blonde.

125

« Ce chat jaune n'a pas trois poils à coiffer. »

Elle m'avait fait lever de ma chaise et m'examinait des pieds à la tête. Est-ce que ma chemisette était propre, et mon pantalon ?...

« Maintenant en route, Zézé. »

Totoca et moi mettions notre sacoche en bandoulière. Dedans il n'y avait que nos livres, nos cahiers et un crayon. De goûter, pas question, ça c'était pour les autres enfants.

Glória tâta le fond de ma sacoche ; elle sentit le poids des billes et sourit ; nous tenions à la main nos sandales de tennis que nous enfilerions à la hauteur du marché, avant d'arriver à l'école.

À peine étions-nous dans la rue, que Totoca prenait ses jambes à son cou, me laissant seul en arrière. Alors, mon malin génie se réveillait. J'étais content que Totoca m'abandonne pour pouvoir agir à ma guise. Ce qui me fascinait, c'était la route Rio-São Paulo. Faire la *chauve-souris*. C'est ça, faire la *chauve-souris*. M'accrocher à l'arrière des voitures et sentir le vent de la route, la vitesse dans le crissement des pneus. C'était la plus merveilleuse chose du monde. Nous le faisions tous ; Totoca m'avait appris, en me recommandant surtout, de bien me tenir à cause des voitures qui pouvaient venir par-derrière. Rapidement, j'avais cessé d'avoir peur et le goût de l'aventure m'incitait à prendre les voitures les plus difficiles. J'étais devenu si téméraire que j'étais même monté en marche derrière l'auto de seu Lalislau ; il ne me manquait plus que la belle auto du Portugais. C'était vraiment une auto superbe, bien entretenue. Les chromes reluisaient à s'y voir dedans. Le Klaxon faisait un joli bruit : un mugissement rauque comme une vache dans la campagne. Et lui, le propriétaire de cette merveille, passait d'un air arrogant, pas du tout encourageant. Personne ne se risquait à se faire remorquer. On disait qu'il vous battait, menaçait de vous châtrer avant de vous tuer. Aucun enfant de l'école ne s'y risquait ou, du moins, ne s'y était encore risqué.

Quand j'en parlai à Minguinho, il me dit :

« Vraiment personne, Zézé ?

— Vraiment personne. Personne n'en a eu le courage. »

Je m'aperçus que Minguinho riait, il devinait ce que je pensais.

« Mais tu meurs d'envie d'essayer, non ?

— Pour ça, oui. Je crois que...

— Qu'est-ce que tu crois ? »

Cette fois, c'est moi qui riais.

« Dis vite.

— Tu es affreusement curieux.

— Tu me racontes toujours ; tu finis toujours par me raconter, tu ne peux pas t'en empêcher.

— Tu sais une chose, Minguinho ? Je quitte la maison à sept heures, n'est-ce pas ? Quand j'arrive au croisement, il est sept heures cinq. Et à sept heures dix, le Portugais arrête sa voiture à l'angle du « Misère et Famine » et achète un paquet de cigarettes... Un de ces jours, je prends mon courage à deux mains, j'attends qu'il monte dans l'auto et zoum !...

— Tu n'auras pas le courage...

— Pas le courage, Minguinho ? Tu verras. »

Et maintenant j'avais le cœur battant. L'auto s'était arrêtée il était descendu. Le défi de Minguinho me laissait hésitant entre le courage et la peur ; je ne voulais pas y aller mais la vanité me fit presser le pas. Je contournai le bar et me blottis au coin du mur. J'en profitai pour mettre mes sandales de tennis. Mon cœur battait si fort que j'avais peur qu'il l'entende du bar ; il sortit sans rien remarquer. J'entendis la porte s'ouvrir...

« Maintenant ou jamais, Minguinho ! »

D'un bond je m'étais agrippé au pneu, la peur me donnait des forces. Je savais que la distance était énorme jusqu'à l'école publique. Je savourais d'avance ma victoire face à mes camarades.

« Aïe !... »

Je poussai un hurlement si fort, si aigu que les gens se précipitèrent à la porte du café pour voir qui avait eu un accident.

J'étais suspendu à cinquante centimètres du sol, je me balançais, je me balançais. Mes oreilles étaient en feu. Il y avait eu un défaut dans mon plan. Dans mon émotion, j'avais oublié d'écouter si le moteur était en marche.

La grosse figure du Portugais avait l'air encore plus énorme. Ses yeux lançaient des éclairs.

« Alors, espèce de garnement. C'était toi ? Un marmot pareil avoir ce toupet !... »

Il me remit les pieds par terre. Il lâcha une de mes oreilles et me menaça de son gros bras.

« Tu pensais que je ne te remarquais pas, tous les jours, quand tu épiais ma voiture, garnement ? Je vais te donner une correction et tu n'auras plus envie de recommencer. »

L'humiliation me faisait plus souffrir que ma douleur. J'avais envie de lancer un chapelet d'injures à cette brute.

Mais il ne me lâchait pas, il avait l'air de deviner mes pensées et me menaçait de sa main libre.

« Parle ! Injurie-moi ! Pourquoi ne parles-tu pas ? »

Mes yeux étaient pleins de larmes, des larmes de douleur et d'humiliation à cause des gens qui assistaient à la scène et qui riaient méchamment. Le Portugais continuait à me narguer :

« Alors, pourquoi ne m'injuries-tu pas, gamin ? »

Une révolte sauvage s'éleva en moi et je parvins à lui répondre, plein de haine :

« Je ne dis rien maintenant, mais je pense. Quand je serai grand, je vous tuerai. »

Il poussa un éclat de rire qu'imitèrent les assistants.

« Eh bien, grandis, gamin. Je t'attends. Mais avant je vais te donner une leçon. »

Il lâcha rapidement mon oreille et me coucha sur sa cuisse. Il m'appliqua une tape, une seule, mais avec une telle force que je pensai que mon arrière-train m'était rentré dans l'estomac. Après ça, il me lâcha.

Titubant, je m'éloignai sous les railleries. Quand j'eus atteint l'autre côté de la route Rio-São Paulo, je pus enfin frotter mon arrière-train endolori. Fils de p... Il verrait ! Je jurai de me venger. Je jurai que... mais la douleur diminuait à mesure que je m'éloignais de ces maudites gens. Le pire, c'est quand ils sauraient à l'école. Et que dirai-je à Minguinho ? Pendant une semaine, quand je passerais devant le « Misère et Famine », on rirait de moi avec cette lâcheté habituelle des grandes personnes. Je devrais partir plus tôt et traverser la route à un autre endroit...

J'étais dans cet état d'esprit en m'approchant du marché. J'allai me laver les pieds au robinet et enfilai mes sandales de tennis. Totoca m'attendait avec anxiété. Je ne lui racontai pas mon échec.

« Zézé, il faut que tu m'aides.

« — Qu'est-ce que tu as fait ?

— Tu te souviens de Bié ?

— Cette espèce de taureau du Baron de Capanema ?

— Lui-même. Il va me battre à la sortie. Tu ne veux pas te battre à ma place contre lui ?

— Mais il va me tuer ?

— Rien du tout ; toi, tu es bagarreur et tu es courageux.

— Ça va. À la sortie ?

— À la sortie. »

Totoca était comme ça, il se mettait toujours dans des bagarres et c'est moi qui payais les pots cassés. Mais ça ne me déplaisait pas. Et je déchargerais sur Bié toute la colère accumulée contre le Portugais.

La vérité c'est que ce jour-là je reçus tant de coups que je finis avec un œil poché et les bras écorchés. Totoca était assis par terre avec les autres, il m'encourageait en tenant ses livres – et les miens – sur ses genoux. En même temps, il me guidait :

« Donne-lui un coup de tête dans le ventre, Zézé. Mords-le, griffe, c'est un paquet de graisse. Donne-lui un coup de pied bien placé. »

Mais, malgré mes supporters et leurs conseils, si seu Rozemberg n'était pas sorti de sa pâtisserie, j'aurais été réduit en chair à pâté. Il abandonna son tiroir et tira Bié par le col de sa chemise en le secouant.

« Tu n'as pas honte ? Un gros garçon comme toi battre un gamin haut comme trois pommes ? »

Seu Rozemberg avait une passion occulte, comme on disait à la maison, pour ma sœur Lalà. Il nous connaissait et chaque fois qu'elle était avec l'un de nous il nous donnait des gâteaux et des bonbons avec un large sourire qui faisait briller ses dents en or.

Je n'y tins pas et finis par raconter ma défaite à Minguinho. Je ne pouvais d'ailleurs pas la cacher avec cet œil violet et enflé. Et quand papa me vit dans cet état il me donna encore quelques taloches et il fit un sermon à Totoca. Papa ne battait jamais Totoca. Moi, si. Parce que j'étais tout ce qu'il y a de méchant.

Minguinho avait tout entendu, c'était certain. Alors pourquoi ne pas le lui raconter ? Il m'écouta, révolté et quand j'eus terminé, il me dit d'un ton indigné :

« Quel lâche !

— Ç'a été une de ces bagarres, si tu avais vu... »

De fil en aiguille je lui racontai tout ce qui s'était passé avec le Portugais. Il était suffoqué de mon courage et il me conseilla :

« Un jour tu dois te venger.

— Oui, je me vengerai. Je vais demander son revolver à Tom Mix et "Rayon de Lune" à Fred

Thompson et je réunirai un régiment d'Indiens Comanches ; un jour je rapporterai ses cheveux flottant au bout d'un bambou. »

Mais bientôt, bientôt ma colère fut passée et nous parlions d'autre chose.

« Xururuca, tu ne sais pas. Tu te rappelles que la semaine dernière j'ai reçu ce livre d'histoires *La Rose magique,* en récompense parce que je suis un bon élève ? »

Ça rendait Minguinho très heureux que je l'appelle Xururuca ; dans ces moments-là il savait que je l'aimais particulièrement.

« Oui, je me rappelle.

— Je ne t'ai pas dit que j'ai déjà lu le livre. C'est l'histoire d'un prince qui avait reçu d'une fée une rose rouge et blanche. Ce veinard montait un cheval harnaché d'or ; c'est comme ça qu'on dit dans le livre. Alors, sur le cheval harnaché d'or, il voyageait à la recherche d'aventures. Au premier danger il secouait la rose magique et une fumée terrible apparaissait pour que le prince puisse s'échapper. Pour dire vrai, Minguinho, j'ai trouvé cette histoire complètement stupide, tu sais ? Ce n'est pas comme les aventures que je veux avoir dans la vie. De vraies aventures comme celles de Tom Mix, de Buck Jones... Et celles de Fred Thompson et de Richard Talmadge. Ils se battent comme des fous. Il y a des coups de pistolet, des coups de poing... S'ils avaient une rose magique chaque fois qu'un danger arrive ça n'aurait plus d'intérêt. Qu'est-ce que tu en penses ?

— Je trouve aussi que ce serait assez ennuyeux.

— Mais ce n'est pas ce que je te demande. Je veux savoir si tu crois vraiment qu'une rose peut faire des choses magiques ?

— En effet, c'est assez bizarre.

— Les gens racontent des histoires et pensent que les enfants croient n'importe quoi.

— Tout à fait exact. »

Nous entendîmes du bruit, Luís s'approchait. Mon petit frère était de plus en plus mignon. Il n'était pas pleurnichard, ni turbulent. Même lorsque j'étais obligé de m'occuper de lui, je le faisais presque toujours volontiers.

Je dis à Minguinho :

« Changeons de sujet parce que je veux lui raconter cette histoire, il la trouvera très jolie. On ne doit pas ôter ses illusions à un enfant.

— Zézé, on va jouer ?

— Mais je suis en train de jouer. À quoi veux-tu jouer ?

— Je voudrais me promener au jardin zoologique. »

Sans courage, je regardai le poulailler avec la poule noire et les deux poulets.

« C'est très tard. Les lions sont déjà allés se

134

coucher et les tigres du Bengale aussi. À cette heure-là tout est fermé. On ne vend plus d'entrées.

— Alors, on va voyager en Europe. »

Ce petit coquin retenait tout ce qu'il entendait et le répétait sans se tromper. Mais la vérité, c'est que je n'avais pas envie de voyager en Europe. Je préférais rester près de Minguinho. Minguinho ne se moquait pas de moi, il ne me faisait pas remarquer mon œil poché.

Je m'assis près de mon petit frère et lui dis gentiment :

« 'Sieds-toi là, je vais réfléchir à un jeu. »

Et bientôt, bientôt la fée de l'innocence passa en volant sur un nuage blanc qui fit bouger les feuilles des arbres, les hautes herbes du ruisseau et les feuilles de Xururuca. Un sourire illumina mon visage malmené.

« C'est toi qui as fait ça, Minguinho ?

— Moi, non.

— Ah ! quelle merveille. C'est le temps du vent qui arrive. »

Dans notre rue il y avait des temps pour toutes les choses. Le temps des billes. Le temps de la toupie. Le temps pour collectionner les images de vedettes de cinéma. Le temps des cerfs-volants, le plus beau de tous les temps. De tous les côtés le ciel était plein de cerfs-volants de toutes les couleurs. De beaux cerfs-volants de toutes les formes. C'était la guerre dans le ciel. Les têtes qui s'entrechoquaient, les batailles, les coups de lasso, les coups d'épée.

Les lames de rasoir coupaient les fils et un cerf-volant descendait en tournoyant dans l'air en emmê-lant sa queue déséquilibrée dans son fil ; c'était beau tout ça. Le monde appartenait aux enfants de la rue. De toutes les rues de Bangu. Puis, c'était un cadavre pris dans les fils électriques ; et arrivait en vitesse un camion de la Compagnie d'Électricité. Les hommes venaient, furieux, arracher les cerfs-volants morts qui abîmaient les fils. Le vent... le vent... Avec le vent une idée me vint.

« Nous allons jouer à la chasse, Luís ?

— Je ne sais pas monter à cheval.

— Tu vas grandir et tu sauras bientôt. Reste assis là et regarde comment on fait. »

D'un seul coup Minguinho devint le plus beau cheval du monde ; le vent augmenta et les herbes rases se transformèrent en une plaine immense et verdoyante. Mon costume de cow-boy était harna-ché d'or. Sur ma poitrine brillait l'étoile du shérif.

« En avant, petit cheval, en avant. Au galop, au galop... »

Clac-clac-clac ; j'avais retrouvé Tom Mix et Fred Thompson ; Buck Jones n'avait pas voulu venir cette fois-ci et Richard Talmadge jouait dans un nouveau film.

« En avant, en avant, petit cheval. Au galop, au

galop. Voici mes amis les Indiens qui arrivent en soulevant la poussière. »

Clac-clac-clac ! La cavalcade des Indiens faisait un bruit fou.

« Au galop, au galop, petit cheval. La plaine était couverte de bisons et de buffles. Nous allons tirer, mes amis. *Plaft, plaft, plaft... Teco, teco, teco... Fium, fium, fium,* les flèches sifflaient... »

Le vent, la galopade, la course folle, les nuages de poussière et la voix de Luís qui criait presque.

« Zézé ! Zézé !... »

J'arrêtai doucement mon cheval et je sautai, excité par mes prouesses.

« Qu'y a-t-il ? Un buffle est venu de ton côté ?

— Non. On va jouer à autre chose. Il y a trop d'Indiens, j'ai peur.

— Mais ce sont les Apaches. Ce sont tous des amis.

— Mais j'ai peur. Il y a trop d'Indiens. »

2

La conquête

Les premiers jours je partais plus tôt pour ne pas ris-
quer de rencontrer le Portugais quand il s'arrêtait
pour acheter des cigarettes. De plus, je veillais à
prendre l'autre côté de la rue et à me dissimuler
dans l'ombre des haies d'euphorbes qui séparaient
les maisons. Dès que j'arrivais à la route Rio-São
Paulo je traversais et je continuais, mes sandales de
tennis à la main, en me collant presque au mur de
la fabrique. Toutes ces précautions devinrent
inutiles au bout de quelques jours. La mémoire de
la rue est courte. Bientôt personne ne se souvenait
plus du dernier exploit du fils de seu Paulo. Car c'est
ainsi qu'on me désignait à l'heure de l'accusation :

« C'est le fils de seu Paulo... C'est le fichu gamin de seu Paulo... C'est le fameux petit de seu Paulo... »

Une fois, ils inventèrent même une chose horrible : quand le club Bangu reçut une raclée du club Andaraï, ils firent cette plaisanterie : « Le Bangu s'est fait battre comme le fils de seu Paulo... »

Parfois je voyais la maudite auto arrêtée à l'angle et je ralentissais pour ne pas voir passer le Portugais que je tuerais quand je serais grand, cette brute avec son air arrogant au volant de la plus belle auto du monde et de Bangu.

C'est alors qu'il disparut pendant quelques jours. Quel soulagement ! Il était sûrement parti très loin, peut-être en vacances. Je repris d'un cœur plus léger le chemin de l'école et je commençais même à me demander s'il valait la peine de tuer cet homme plus tard. Mais il y avait une chose certaine : chaque fois que j'avais la chance de me jucher sur une auto moins impressionnante, je ne retrouvais plus le même enthousiasme et mes oreilles commençaient à me cuire.

Et le train-train quotidien des gens et de la rue se déroulait normalement. Le temps du cerf-volant était venu et les jeux effrénés dans la rue. Le ciel bleu était criblé de merveilleuses étoiles de toutes les couleurs. Quand c'était le temps du vent, j'abandonnais un peu Minguinho, je ne le retrouvais que lorsqu'on me mettait en pénitence après une bonne fessée. Je n'essayais même pas de m'échapper, car deux fessées coup sur coup ça fait un mal de chien. Dans ces cas-là j'emmenais le roi Luís orner, harnacher – un mot qui me plaisait – mon pied d'oranges douces. Il faut dire qu'il avait terriblement poussé et bientôt, bientôt il me donnerait des fleurs et des fruits. Les autres orangers étaient en retard. Mon pied d'oranges douces, lui, était précoce, comme l'oncle Edmundo l'avait dit de moi. Plus tard, il m'avait expliqué ce que ça voulait dire : des choses qui se produisent bien avant les autres. En fait, je crois qu'il ne sut pas bien m'expliquer. Ça voulait dire simplement : tout ce qui est en avance...

Je prenais des bouts de ficelle, des morceaux de fil, je perçais une quantité de capsules de bouteilles et j'allais harnacher Minguinho. Il fallait voir comme il était beau ! Quand le vent soufflait, les capsules s'entrechoquaient les unes contre les autres, on aurait dit qu'il avait les éperons d'argent de Fred Thompson sur son cheval Rayon de Lune... L'univers de l'école publique était très agréable lui aussi. Je savais tous les hymnes nationaux par cœur. Le grand qui était le vrai, les autres hymnes au Drapeau et l'hymne national de la Liberté, « Liberté, déploie tes ailes sur nous ». Moi, c'est celui que j'aimais le plus et Fred Thompson aussi, je crois. Quand nous montions à cheval, sans chasser ni faire la guerre, il me demandait respectueusement :

« Allons, guerrier Pinagé, chante l'hymne de la liberté. »

Sa voix fluette emplissait la plaine immense, c'était bien plus beau que lorsque je chantais avec seu Ariovaldo, le mardi, quand je lui servais d'aide.

Le mardi, je faisais l'école buissonnière comme d'habitude pour attendre le train qui amenait mon ami Ariovaldo. Je le voyais descendre l'escalier en tenant à la main les feuillets qu'on vendrait dans la rue. Il en avait encore deux sacoches pleines, c'était la réserve. Et presque toujours il vendait tout, ce qui nous comblait de joie tous les deux...

À la récréation, quand on avait le temps, on jouait aux billes. Moi, j'étais connu comme un champion. Je pointais à coup sûr, il était rare que je ne rapporte pas à la maison le triple de billes dans ma sacoche.

Une chose émouvante, c'était ma maîtresse, dona Cecília Paim. On pouvait lui raconter que j'étais l'enfant le plus démoniaque de la rue, elle ne le croyait pas, ni que je puisse dire plus de gros mots que n'importe qui. Que je n'avais pas mon pareil pour faire des sottises. Ça, elle ne le croyait jamais. À l'école, j'étais un ange. On ne me faisait jamais un reproche et j'étais devenu le chouchou des professeurs parce que j'étais un des enfants les plus jeunes qu'on ait vu jusqu'alors. Dona Cecília Paim connaissait notre pauvreté et au moment du goûter, quand elle voyait tout le monde manger, elle s'apitoyait, elle m'appelait à part et m'envoyait acheter mon beignet soufflé à la pâtisserie. Elle avait tellement de tendresse pour moi que, si j'étais sage, je crois que c'était pour ne pas la décevoir.

C'est alors que la chose arriva. Je marchais lentement, comme toujours, sur la route Rio-São Paulo, quand la grosse auto du Portugais passa tout doucement près de moi. Le Klaxon retentit trois fois et je vis le monstre me regarder en souriant. Ce qui fit renaître ma haine et le désir de le tuer quand je serais grand. Je réunis tout mon orgueil et passai d'un air digne en feignant de l'ignorer.

« C'est comme je te le dis, Minguinho. Tous les jours pareil. On dirait qu'il attend que je passe et il se met à klaxonner. Il klaxonne trois fois. Hier, il m'a même fait un signe de la main.

— Et toi ?

— Moi, je ne bronche pas. Je fais semblant de ne pas le voir. Il commence à avoir peur de moi, je vais avoir six ans et bientôt je serai un homme.

— Tu crois qu'il veut être ton ami parce qu'il a peur ?

— Il n'y a pas de doute. 'tends-moi, je vais chercher la caisse. »

Minguinho avait passablement grandi. Pour monter sur ma selle je devais mettre une caisse par terre.

« Ça y est. Maintenant nous pouvons bavarder. »

Juché là-haut, je me sentais plus grand que le monde. Je dominais le paysage, les touffes d'herbe du ruisseau, les chardonnerets et les mésanges qui venaient picorer par là. Le soir, dès qu'il faisait un peu sombre, un autre Luciano venait tournoyer joyeusement au-dessus de ma tête, comme un avion du Campo dos Afonsos. Au début, même Minguinho s'étonna que je n'aie pas peur de la chauve-souris, car, en général, tous les enfants en avaient peur. D'ailleurs, il y avait plusieurs jours que Luciano n'avait plus paru. Il avait dû trouver un autre Campo dos Afonsos.

« Tu as vu, Minguinho, les goyaviers de la Nêga Eugênia commencent à jaunir. Les goyaves seront bientôt mûres. L'embêtant c'est que si elle m'attrape, Minguinho... Aujourd'hui, j'ai déjà reçu trois fessées. Je suis ici parce qu'on m'a mis en pénitence... »

Mais le diable m'aida à descendre et me poussa vers la haie d'euphorbes. La brise de l'après-midi apportait à mes narines l'odeur des goyaves – ou bien je me l'imaginais... Je jetai un coup d'œil à droite, écartai une branche à gauche et le diable me soufflait : « Vas-y, idiot, tu vois bien qu'il n'y a personne. À cette heure-ci elle doit être allée à la boutique de la Japonaise. Seu Benedito ? Aucun danger. Il est à moitié sourd et aveugle. Il n'y voit rien. Tu auras le temps de filer s'il t'entend... »

Je suivis la haie jusqu'au ruisseau et me décidai. Avant, je fis signe à Minguinho de ne pas faire de bruit. Mon cœur battait plus vite. La Nêga Eugênia ne plaisantait pas. Et c'était une de ces mauvaises langues !... J'avançais sur la pointe des pieds, sans respirer, quand je l'entendis crier de la fenêtre de la cuisine :

« Qu'est-ce que c'est, gamin ? »

Je n'eus même pas l'idée de mentir en disant que j'étais venu chercher une balle. Je pris mes jambes à mon cou et tchiboum-boum, sautai le ruisseau. Mais là autre chose m'attendait. Une douleur si forte que je faillis crier, mais si je criais je serais doublement battu : d'abord parce que je n'étais pas resté en pénitence ; ensuite parce que j'allais voler les goyaves des voisins et que j'avais réussi à me planter un morceau de verre dans le pied gauche.

Étourdi de douleur je tentais d'arracher le tesson de bouteille. Je gémissais tout bas et voyais mon sang se mêler à l'eau sale du ruisseau. Et maintenant ? Je réussis à retirer le verre, des larmes plein les yeux, mais je ne savais pas comment arrêter le sang. Je serrais très fort ma cheville pour diminuer la douleur. Il fallait que je tienne bon. La nuit allait bientôt tomber et avec elle arriveraient papa,

145

maman et Lalà. Si l'un d'eux m'attrapait, il me battrait. Peut-être même me battraient-ils chacun à leur tour. Je grimpai le talus en titubant et en sautant sur un pied allai m'asseoir sous mon petit oranger. Ça me faisait toujours très mal, mais l'envie de vomir était passée.

« Regarde, Minguinho. »

Minguinho fut horrifié. Il était comme moi, il n'aimait pas la vue du sang.

« Que faire, mon Dieu ? »

Totoca m'aiderait bien, mais où pouvait-il se trouver à cette heure-là ? Il y avait aussi Glória, Glória devait être dans la cuisine. C'était la seule qui n'aimait pas qu'on me batte autant. Peut-être me tirerait-elle les oreilles ou me remettrait-elle en pénitence. Mais il fallait essayer.

Je me traînai jusqu'à la porte de la cuisine en réfléchissant au moyen de désarmer Glória. Elle faisait de la broderie. Je m'assis d'un air piteux et cette fois Dieu me vint en aide. Elle me regarda et vit que j'avais la tête basse. Elle décida de ne rien dire parce que j'étais en pénitence. J'avais les yeux pleins de larmes et je reniflais. Le regard de Glória s'était posé sur moi. Ses mains s'étaient immobilisées sur son ouvrage.

« Qu'est-ce qu'il y a, Zézé ?

— Rien, Godóia... Pourquoi est-ce que personne ne m'aime ?

— Tu es très sot.

— Aujourd'hui j'ai reçu trois fessées, Godóia.

— Et tu ne les avais pas méritées ?

— Ce n'est pas ça. Comme personne ne m'aime, on en profite pour me battre pour n'importe quoi. »

Le cœur de quinze ans de Glória commença à s'émouvoir. Et je le sentais.

« Je crois qu'il vaut mieux que je me fasse écraser par une auto sur la route Rio-São Paulo, demain. »

Et des torrents de larmes se mirent à couler de mes yeux.

« Ne dis pas de bêtises, Zézé. Je t'aime beaucoup.

— Non, tu ne m'aimes pas. Si tu m'aimais, tu ne me laisserais plus battre aujourd'hui.

— Il fait presque nuit, tu n'auras pas le temps de faire d'autres sottises.

— Mais c'est déjà fait... »

Elle lâcha sa broderie et s'approcha de moi. Elle faillit crier en voyant la flaque de sang qui entourait mon pied.

« Mon Dieu, Gum ! Qu'est-ce que c'est ? »

J'avais gagné la partie. Si elle m'appelait Gum, c'est que j'étais sauvé.

Elle me prit dans ses bras et m'assit sur la chaise. Elle alla chercher en hâte une cuvette d'eau salée et s'agenouilla à mes pieds.

« Ça va faire très mal, Zézé.

— Ça fait déjà très mal.

— Mon Dieu, tu t'es fait une entaille de presque trois doigts. Comment as-tu fait ça, Zézé ?

— Tu ne le diras à personne, s'il te plaît, Godóia. Je te promets que je serai sage. Ne laisse plus personne me battre autant...

— C'est bon, je ne dirai rien. Mais comment va-t-on faire ? Tout le monde va voir ton pied bandé. Et demain tu ne pourras pas aller à l'école. On finira par s'en apercevoir.

— Si, j'irai à l'école. Je mettrai mes sandales jusqu'à l'angle. Ensuite ce sera plus facile.

— Tu dois te coucher et garder le pied allongé, sinon tu ne pourras pas marcher demain. »

Elle m'aida à gagner mon lit à cloche-pied.

« Je vais t'apporter quelque chose à manger avant que les autres n'arrivent. »

Quand elle revint avec mon repas je ne pus m'empêcher de lui donner un baiser. C'était très rare chez moi.

Quand tout le monde fut réuni pour le dîner maman s'aperçut de mon absence.

« Où est Zézé ?

— Il est couché. Il se plaignait d'avoir mal à la tête. »

J'écoutais avec ravissement. J'en oubliais les

148

élancements de ma blessure. Ça me plaisait d'être le sujet de conversation. C'est alors que Glória résolut de prendre ma défense. Elle prit une voix malheureuse et, en même temps, accusatrice.

« On ne cesse pas de battre cet enfant. Aujourd'hui il était tout moulu. Trois fessées, c'est trop.

— Mais c'est une petite peste. Il ne se tient tranquille que si on le bat.

— Et toi, tu vas dire que tu ne le bats jamais, peut-être ?

— Presque jamais. C'est tout au plus si je lui tire les oreilles. »

Il y eut un silence et Glória continua à me défendre.

« Enfin, réfléchissez, il n'a pas encore six ans. Il est insupportable, mais il est encore tout petit. »

Cette conversation me rendit heureux.

Glória était anxieuse en me préparant ; elle m'aidait à mettre mes sandales.

« Tu pourras marcher ?

— Ça ira, oui.

— Tu ne vas pas faire de bêtises sur la route Rio-São Paulo ?

— Non, je n'en ferai pas.

— Ce que tu as dit, c'était vrai ?

— Non. C'est que j'étais très malheureux en pensant que personne ne m'aimait. »

Elle caressa ma tignasse blonde et me fit partir.

Je pensais que le plus difficile serait d'arriver jusqu'à la grand-route. Quand j'aurais quitté mes chaussures la douleur diminuerait. Mais, quand mon pied toucha directement le sol, je dus marcher très lentement en m'appuyant au mur de la fabrique. De cette façon jamais je n'arriverais.

C'est alors que la chose se produisit. Le Klaxon retentit trois fois. Malheureux ! Ça ne suffisait pas que je sois mort de douleur, il venait encore me narguer... L'auto s'arrêta tout près de moi. Il se pencha par la portière et me demanda :

« Oh ! Moustique, tu t'es fait mal au pied ? »

J'eus envie de dire que ça ne regardait personne. Mais comme il ne m'appelait pas garnement je ne répondis pas et continuai à marcher ; je fis environ cinq mètres. Il remit l'auto en marche, me dépassa et s'arrêta presque contre le mur, en bordure de la route, me barrant le passage. Alors il ouvrit la portière et descendit. Il me dominait de sa haute silhouette.

« Ça te fait très mal, Moustique ? »

Ce n'était pas possible qu'une personne qui m'avait battu trouve maintenant une voix si douce, presque amicale. Il s'approcha de moi et, sans que je m'y attende, il s'agenouilla de tout son gros corps et me regarda dans les yeux. Il avait un sourire si bon que j'avais l'impression qu'il s'en dégageait de l'affection.

« Apparemment tu t'es fait très mal, non ? Qu'est-ce que c'est ? »

Je reniflai un peu avant de répondre.

« Un morceau de verre.

— C'est profond ? »

Je lui indiquai la profondeur de l'entaille avec mes doigts.

« Ah ! c'est grave. Et pourquoi n'es-tu pas resté chez toi ? Tu as l'air d'aller à l'école, non ?

— À la maison personne ne sait que je me suis fait mal. Si on s'en apercevait, on me battrait encore pour m'apprendre à ne pas recommencer...

— Viens, je t'emmène.

— Non merci, monsieur.

— Mais pourquoi ?

— À l'école tout le monde sait ce qui s'est passé.

— Mais tu ne peux pas marcher comme ça. »

Je baissai la tête en reconnaissant que c'était vrai et en sentant mon amour-propre partir en miettes.

Il me prit le menton et me souleva la tête.

« Nous allons oublier cette histoire. Tu as déjà été en auto ?

— Jamais, non, monsieur.

— Alors je t'emmène.

— Je ne peux pas. Nous sommes des ennemis.

— Ça ne fait rien. Je n'y pense plus. Si tu as honte, je te laisserai avant l'école. Tu veux ? »

J'étais trop ému pour répondre. Je fis signe que oui de la tête. Il me souleva, ouvrit la portière et me déposa doucement sur le siège. Il fit le tour de la voiture et reprit sa place. Avant de mettre le moteur en marche il me sourit à nouveau.

« Comme ça c'est mieux, tu vois ? »

C'était agréable de sentir la voiture qui roulait doucement, avec de légers balancements, je fermai les yeux et commençai à rêver. C'était plus doux, plus agréable que Rayon de Lune, le cheval de Fred Thompson. Mais ça ne dura pas longtemps, quand je rouvris les yeux nous étions presque à l'école. Je voyais déjà la foule des élèves entrer par la porte principale. Effrayé, je me laissai glisser de la banquette et me cachai. Je dis nerveusement :

« Vous m'aviez promis de vous arrêter avant l'école.

— J'ai changé d'avis. Ce pied ne peut pas rester comme ça. Tu risques d'avoir le tétanos. »

Je ne lui demandai même pas ce que c'était que ce drôle de mot compliqué. Je savais également qu'il était inutile de dire que je ne voulais pas y aller. L'auto avait pris la rue des Maisons-Basses et j'étais revenu sur mon siège.

« Tu m'as l'air d'un petit bonhomme courageux. Nous allons voir maintenant si tu le prouves. »

Il s'arrêta devant la pharmacie et aussitôt me transporta dans ses bras. Quand le docteur Adaucto Luz nous reçut, je fus terrifié. C'était le médecin des employés de la fabrique et il connaissait très bien papa. Ma frayeur augmenta quand il me regarda et me demanda brusquement :

« Tu es le fils de Paulo Vasconcelos, n'est-ce pas ? Il a trouvé une place ? »

Je dus répondre, malgré ma honte : le Portugais saurait que papa était sans travail.

« Il attend. On lui a promis beaucoup de choses...

— Voyons de quoi il s'agit. »

Il déroula la bande collée à la coupure et fit un hum de mauvais augure. Je commençais à faire une moue larmoyante. Mais le Portugais vint à mon secours.

Ils m'assirent sur une table couverte de linges blancs. Des tas d'instruments en fer apparurent. Et je tremblais. Je m'arrêtai de trembler car le Portugais appuyait mon dos contre sa poitrine en me tenant les épaules très fort, mais tendrement.

« Ça ne fera pas très mal. Quand ce sera fini je t'emmène boire de la limonade et manger des gâteaux. Si tu ne pleures pas, je t'achèterai des bonbons avec des images de vedettes. »

Alors je rassemblai le plus grand courage du

monde. Mes larmes coulaient, mais je laissais tout faire. On me mit des points et on me fit aussi une piqûre antitétanique. Je surmontai même mon envie de vomir. Le Portugais me serrait fort comme s'il voulait prendre un peu de ma douleur. Avec son mouchoir il essuyait mes cheveux et mon visage mouillés de sueur. Il me semblait que ça ne finirait jamais. Enfin ça finit par finir. Quand il me ramena dans la voiture, il était satisfait. Il tint tout ce qu'il avait promis. Sauf que moi, je n'avais envie de rien. Il me semblait qu'on m'avait arraché l'âme par le pied...

« Maintenant, tu ne peux pas aller à l'école, Moustique. »

Nous étions dans l'auto et je m'étais assis tout près de lui, frôlant nos coudes, je gênais presque ses manœuvres.

« Je vais te conduire près de chez toi. Tu inventeras n'importe quoi. Tu peux dire que tu t'es fait mal à la récréation et que la maîtresse t'a envoyé à la pharmacie... »

Je le regardais avec reconnaissance.

« Tu es un petit bonhomme courageux, Moustique. »

Je lui fis un sourire douloureux, mais à travers cette douleur je venais de découvrir une chose très importante. Le Portugais était devenu la personne que j'aimais le plus au monde.

3

Bavardages
à tort et à travers

« Tu sais, Minguinho, j'ai tout découvert, tout. Il habite au bout de la rue Baron de Capanema. Tout à fait au bout. Il gare son auto à côté de sa maison. Il a deux cages à oiseaux, l'une avec un canari et l'autre avec un gorge-bleue. J'y ai été très tôt, sans avoir l'air de rien, en emportant ma caisse de cireur. J'avais tellement envie d'y aller, Minguinho, que je ne sentais pas le poids de ma caisse, cette fois. Alors, j'ai bien regardé la maison, je l'ai trouvée très grande pour une personne qui vit seule. Il était derrière, près du lavoir. Il se rasait. »

Je frappai dans mes mains.

« Cireur ! Cireur !... »

Il s'approcha, la figure pleine de savon. Il en avait déjà rasé un côté. Il me sourit en disant :

« Ah ! c'est toi ? Entre, Moustique. »

Je le suivis.

« Attends, j'ai presque terminé. »

Le rasoir faisait *réquete, réquete, réquete* sur sa barbe. Je pensais que, quand je serais grand, que je serais un homme, j'aurais une barbe qui ferait aussi *réquete, réquete, réquete...* C'était joli.

Je m'assis sur ma caisse et attendis. Il me regarda dans la glace.

« Et l'école ?

— Aujourd'hui c'est Fête nationale. C'est à cause de ça que je suis allé cirer. Pour me faire quelques sous.

— Ah ! »

Et il continua. Après, il se pencha sur le lavoir et se lava la figure. Il s'essuya avec la serviette. Après, il avait la figure toute rouge et luisante. Après, il se mit à rire.

« Tu veux prendre le café avec moi ? »

Je dis que non en pensant que oui.

« Entre. »

J'aurais voulu que tu voies comme tout était propre et bien en ordre. Il y avait même une nappe à carreaux rouges sur la table. Et aussi des tasses, pas ces gobelets en fer-blanc comme à la maison. Il m'expliqua qu'une vieille femme venait tous les jours mettre en ordre quand il partait travailler.

« Si tu veux, fais comme moi, trempe ton pain dans ton café. Mais ne fais pas de bruit en buvant. C'est laid. »

Là, je regardais Minguinho, il était muet comme une poupée de chiffons.

« Qu'est-ce que tu as ?

— Rien, je t'écoute.

— Vois-tu, Minguinho, je n'aime pas les disputes ; mais si tu es fâché il vaut mieux le dire tout de suite.

— C'est que tu ne t'occupes que du Portugais et moi, ça ne m'amuse pas. »

Je restai pensif. C'était pourtant vrai. Je n'avais pas pensé que ça pouvait ne pas l'amuser.

« Dans deux jours, on retrouvera Buck Jones. Je lui ai envoyé un message par le cacique Taureau paisible. Buck Jones est parti très loin, chasser à Savanah... Minguinho, c'est Savâah ou Savanah que l'on dit ? Dans le film il y avait un *h* à la fin. Je ne sais plus. Quand j'irai chez Dindinha je demanderai à l'oncle Edmundo. »

Un nouveau silence.

« J'en étais où ?

— À tremper ton café dans ton pain.

— Pas tremper mon café dans mon pain, idiot.

Alors j'étais là sans rien dire et lui me regardait fixement.

— Tu as fini par découvrir où j'habite. »

J'étais bien embarrassé. Je me décidai à lui dire la vérité :

« Vous vous fâcherez si je vous dis tout ?

— Non. Entre amis on ne doit pas avoir de secrets.

— Je n'étais pas venu par ici pour cirer les chaussures.

— Je le savais.

— Mais j'en avais tellement envie... De ce côté, personne ne fait cirer ses chaussures, il y a trop de poussière. Il n'y a que ceux qui habitent près de la route Rio-São Paulo.

— Mais tu aurais pu venir sans transporter tout ça, non ?

— Si je n'avais pas emporté ma caisse, on ne m'aurait pas laissé partir. J'aurais dû rester près de la maison et revenir de temps en temps, vous comprenez ? Quand je veux aller loin, il faut que je fasse semblant d'aller travailler. »

Ma logique le fit rire.

« Si je vais travailler, à la maison on sait que je ne fais pas de sottises. Et c'est mieux ; parce que, comme ça, je ne me fais pas autant battre.

— Je ne crois pas que tu sois aussi terrible que tu le dis. »

Je devins très grave.

« Je ne vaux rien. Je suis très méchant. C'est pour ça que, le jour de Noël, c'est le diable qui naît pour moi et que je n'ai rien. Je suis une peste. Une petite peste. Un démon. Un rien du tout. Une de mes sœurs a dit qu'un méchant garçon comme moi n'aurait pas dû naître. »

Il se gratta le crâne d'étonnement.

« Rien que cette semaine j'ai déjà reçu trois fessées. Et des fortes. J'en reçois même pour ce que je n'ai pas fait. C'est toujours ma faute. On a pris l'habitude de me battre.

— Mais que fais-tu donc de si mal ?

— Ce doit être le diable. Il me vient une envie de faire des choses et... je les fais... Cette semaine j'ai mis le feu à la haie de Nêga Eugênia. J'ai appelé dona Cordélia, Canard boiteux, elle s'est mise dans une de ces colères !... J'ai donné un coup de pied dans une balle de chiffons et la maudite est entrée par la fenêtre de dona Narcisa et a cassé son grand miroir. J'ai cassé trois lampes avec ma fronde. J'ai lancé une pierre à la tête du fils de seu Abel.

— Assez, assez. »

Il mit sa main devant sa bouche pour cacher un sourire.

« Ce n'est pas fini. J'ai arraché tous les plançons

159

que dona Isabel venait de planter. J'ai fait avaler une bille au chat de dona Rosena.

— Ah ! ça, non. Je n'aime pas qu'on maltraite les animaux.

— Mais ce n'était pas une grosse. Elle était toute petite. On a donné une purge au chat et elle est sortie. Mais au lieu de me rendre la bille on m'a donné une fessée terrible. Le pire, ça a été quand je dormais et que papa a pris sa savate et m'a battu. Je ne savais pas pourquoi...

— Et c'était pourquoi ?

— On avait été voir un film, toute une bande d'enfants. On était allé au balcon où c'est moins cher. Alors, j'ai eu besoin, vous comprenez ?... Je me suis mis bien dans le coin du mur et j'ai fait. Il y a eu une petite flaque par terre. C'était idiot de sortir et de manquer un morceau du film. Mais vous savez comment c'est les enfants. Il suffit qu'un fasse pour que tous les autres aient envie. Tout le monde est allé dans le coin et c'était une vraie rivière. À la fin on s'en est aperçu et vous voyez la suite : « C'est le fils de seu Paulo. » On m'a interdit pour un an l'entrée du cinéma Bangu. Jusqu'à ce que je sois devenu raisonnable. Le soir, le propriétaire a raconté l'affaire à papa et ça ne l'a pas fait rire du tout... je vous le dis. »

Malgré mes efforts Minguinho continuait à bouder.

« Écoute, Minguinho, ne fais pas cette tête-là. Lui, c'est mon meilleur ami. Mais toi, tu es le roi absolu de tous les arbres, comme Luís est le roi absolu de mes frères. Il faut que tu saches que le cœur des gens doit être très grand pour contenir tout ce qu'on aime. »

Silence.

« Tu sais une chose, Minguinho ? Je vais jouer aux billes. Tu es trop désagréable. »

Au début, ce fut un secret parce que j'avais honte qu'on me voie dans l'auto de l'homme qui m'avait donné une fessée. Ensuite, ça continua parce que c'est toujours agréable d'avoir un secret. Et le Portugais faisait toutes mes volontés dans ce domaine. Nous avions juré – à mort – que personne ne devrait connaître notre amitié. Premièrement, parce qu'il ne voulait pas transporter tous les gamins. Quand passaient des gens que je connaissais, ou même Totoca, je me baissais. Deuxièmement, parce qu'il fallait que personne ne nous dérange au milieu de toutes les choses que nous avions à nous raconter.

« Vous n'avez jamais vu ma mère ? Elle est indienne. C'est la fille de vrais Indiens. À la maison on est tous à moitié Indiens.

161

— Comment as-tu fait pour avoir la peau si claire ? Et ces cheveux blonds, presque blancs ?

— C'est le côté portugais. Donc, maman est indienne. Très brune, avec des cheveux lisses. Il n'y a que Glória et moi qui avons l'air de chats jaunes. Maman travaille au Moulin anglais pour aider à payer la maison. L'autre jour, elle a soulevé une caisse de bobines et elle a senti une douleur terrible. Elle a dû aller chez le docteur. Le docteur lui a donné une ceinture parce qu'elle s'était fait une hernie. Maman est très gentille avec moi, vous savez ? Quand elle veut me battre, elle prend de petites branches de guanxuma au jardin et elle n'attrape que mes jambes. Elle a une vie très fatigante et le soir, quand elle rentre à la maison, elle n'a même plus la force de parler. »

L'auto roulait et moi je bavardais.

« Ma sœur aînée, c'est une drôle de fille. Toujours avec des amoureux. Quand maman l'envoyait se promener avec nous, elle nous recommandait de ne pas aller au haut de la rue parce qu'elle savait qu'à l'angle un amoureux l'attendait. Et elle allait à l'autre bout où un autre amoureux l'attendait aussi. On ne pouvait pas garder un crayon parce qu'elle passait son temps à écrire des lettres à ses amoureux...

— Nous arrivons... »

Nous étions près du marché et il s'arrêtait à l'endroit convenu.

« À demain, Moustique. »

Il savait que je m'arrangerais pour faire un saut à sa halte habituelle, boire un verre de limonade et me faire donner des images. Je connaissais même les heures où il n'avait pas grand-chose à faire.

Et ce jeu durait depuis plus d'un mois. Beaucoup plus. Mais je n'aurais jamais pensé qu'il puisse avoir cet air de grande personne triste que je lui vis quand je lui racontai les histoires de Noël. Il avait les yeux pleins de larmes et il passa la main dans mes cheveux en me promettant que jamais plus je ne resterais sans cadeau ce jour-là.

Et les jours passaient, tranquilles, et surtout très heureux. À la maison, on commençait à remarquer ma transformation. Je ne faisais plus autant de bêtises, je passais mon temps dans mon domaine, au fond du jardin. À la vérité, le diable avait parfois raison de mes bonnes résolutions. Mais je ne disais plus autant de gros mots qu'auparavant et je laissais les voisins en paix.

Chaque fois qu'il pouvait, il inventait une promenade et c'est au cours d'une de ces promenades qu'il arrêta la voiture et me sourit.

« Tu aimes vraiment te promener dans notre auto ?

— Elle est aussi à moi ?

— Tout ce qui est à moi est à toi. Comme chez deux grands amis. »

Je délirais de joie. Ah ! si j'avais pu raconter à tout le monde que j'étais à moitié propriétaire de la plus belle auto du monde.

« Tu penses que maintenant nous sommes complètement amis ?

— Oui.

— Alors, je peux te demander quelque chose ?

— Bien sûr, monsieur.

— Je me demandais si tu voulais encore vite grandir pour me tuer ?

— Non. Je ne ferais jamais ça.

— Mais tu l'as dit, n'est-ce pas ?

— Je l'ai dit quand j'étais en colère. Je ne tuerai jamais personne, parce que, lorsqu'on tue une poule, à la maison, je n'aime pas voir ça. Et puis, j'ai découvert que vous n'étiez pas du tout ce qu'on dit. Vous n'êtes pas anthropophage, ni rien... »

Il faillit bondir.

« Qu'est-ce que tu as dit ?

— Anthropophage.

— Et tu sais ce que c'est ?

— Oui, je sais. L'oncle Edmundo me l'a appris. C'est un savant. Un monsieur de la ville lui a proposé de faire un dictionnaire. Jusqu'à maintenant, il n'y a que "carborundum" qu'il n'a pas su m'expliquer.

— Tu changes de sujet. Je veux que tu m'expliques exactement ce que c'est qu'anthropophage.

— Les anthropophages c'étaient les Indiens qui mangeaient de la chair humaine. Dans l'histoire du Brésil il y a une image où on les voit couper en morceaux des Portugais pour les manger. Ils mangeaient aussi les autres guerriers des tribus ennemies. C'est la même chose que cannibale. Mais cannibale, c'est en Afrique et ils aiment beaucoup manger les missionnaires barbus. »

Il éclata d'un rire magnifique comme aucun Brésilien ne savait en avoir.

« Tu as une petite cervelle en or, Moustique. Quelquefois ça m'effraie. »

Puis il me regarda d'un air sérieux.

« Dis-moi, Moustique. Quel âge as-tu ?

— Le vrai ou le faux ?

— Le vrai, bien sûr. Je ne veux pas avoir un ami menteur.

— Voilà : le vrai, c'est cinq ans. Le faux, six. Parce que, sinon, je ne pourrais pas aller à l'école.

— Pourquoi t'a-t-on mis si tôt à l'école ?

— Rendez-vous compte ! Tout le monde voulait être débarrassé de moi pendant quelques heures. Vous savez ce que c'est, "carborundum", monsieur ?

— Où as-tu été chercher ça ? »

Je mis la main dans ma poche et fouillai au milieu des cailloux pour ma fronde, les images, la ficelle de la toupie et les billes.

« Voilà. »

Je tenais dans la main une médaille avec une tête d'Indien. Un Indien d'Amérique du Nord, avec plein de plumes dans les cheveux. Derrière, le mot était écrit.

Il tourna et retourna la médaille dans sa main.

« Figure-toi que moi aussi, je l'ignore. Où as-tu trouvé ça ?

— Elle faisait partie de la montre de papa. Elle était accrochée par un lacet de cuir dans la poche de son pantalon. Papa m'avait dit que la montre serait mon héritage. Mais il a eu besoin d'argent et il a vendu la montre. Une si belle montre. Il m'a donné le reste de l'héritage... J'ai coupé le lacet parce qu'il sentait trop le moisi. »

Il se remit à me caresser les cheveux.

« Tu es un petit garçon très compliqué, mais j'avoue que tu remplis de joie le vieux cœur d'un Portugais. Mais laissons. On s'en va ?

— C'est si agréable. Rien qu'un petit mot de plus. Il faut que je vous parle d'une chose très importante.

— Eh bien, parle.

— Nous sommes des amis très, très amis, n'est-ce pas ?

— Bien sûr.

— Même l'auto est à moitié à moi, n'est-ce pas ?

— Un jour, elle sera à toi tout entière.

— C'est que... »

Ça avait du mal à sortir.

« Allons, tu t'embrouilles ? D'habitude tu ne...

— Vous ne serez pas fâché ?

— C'est promis.

— Il y a deux choses qui ne me plaisent pas dans notre amitié. »

Mais ça ne sortait pas aussi facilement que je l'avais prévu.

« C'est quoi ?

— D'abord, si nous sommes de grands amis, c'est compliqué de toujours dire Monsieur par-ci, Monsieur par-là... »

Il rit.

« Eh bien, appelle-moi comme tu voudras, et tutoie-moi.

— Tu, c'est très difficile. Je ne sais pas si j'y arriverai... Et quand je raconte nos conversations à Minguinho, avec tu, ça fera un drôle d'effet. Je vais essayer. Vous n'êtes pas fâché ?

— Allons, pourquoi ? C'est normal. Mais qui est ce Minguinho dont je ne t'avais jamais entendu parler ?

— Minguinho, c'est Xururuca.

— Ah ? Xururuca, c'est Minguinho et Minguinho c'est Xururuca ? Je ne suis guère avancé.

— Minguinho, c'est mon pied d'oranges douces. Quand je l'aime beaucoup je l'appelle Xururuca.

— Alors, tu as un pied d'oranges douces qui s'appelle Minguinho ?

— Il est extraordinaire. Il parle avec moi, devient un cheval, il m'emmène avec lui, avec Buck Jones, avec Tom Mix... avec Fred Thompson... Tu (le premier "tu" était difficile à sortir, mais j'étais décidé...) Tu aimes Ken Maynard ? »

Il fit un geste d'ignorance au sujet des films de cow-boys.

« L'autre jour, Fred Thompson m'a présenté à lui. J'ai beaucoup aimé le grand chapeau de cuir qu'il porte. Mais on dirait qu'il ne sait pas rire...

— Partons, je deviens fou avec ce monde qui s'agite dans ta petite cervelle. Et l'autre chose ?

— L'autre chose est encore plus difficile. Mais puisque je t'ai parlé du tu et que tu ne t'es pas fâché... Je n'aime pas beaucoup ton nom. Ce n'est pas qu'il ne me plaise pas, mais entre amis il fait très...

— Sainte Vierge, ce qu'il faut entendre !

— Tu trouves que je peux t'appeler Valadares ? » Il réfléchit un instant et sourit.

« Effectivement, ça ne sonne pas bien.

— Manuel, je n'aime pas non plus. Tu ne peux

pas savoir comme je suis furieux quand papa raconte une histoire de Portugais et dit : "Ô Manuel..." On voit tout de suite que ce fils de personne n'a jamais eu un ami portugais...

— Qu'est-ce que tu viens de dire ?

— Que mon père imite les Portugais ?

— Non, avant. Une chose vilaine.

— Fils de personne, c'est aussi vilain que fils de... que l'autre fils ?

— Presque la même chose.

— Bon, je ne le dirai plus... Alors ?

— C'est moi qui te le demande. À quelle conclusion arrives-tu ? Tu ne veux pas m'appeler Valadares, et, apparemment, pas non plus Manuel...

— Il y a un nom que je trouve très joli.

— Lequel ? »

Je pris l'air le plus innocent du monde.

« Comme seu Ladislau et les autres t'appellent à la pâtisserie... »

Il serra le poing en faisant semblant de se fâcher.

« Tu sais que tu es le plus grand impertinent que je connaisse ? Tu veux m'appeler Portugâ, n'est-ce pas ? Je t'y autorise. Maintenant, on s'en va, oui ? »

Il mit le moteur en marche et roula quelque temps en réfléchissant. Il pencha la tête par la fenêtre et regarda la route. Il ne venait personne.

Il ouvrit la portière de la voiture et m'ordonna :

« Descends. »

Je lui obéis et je le suivis vers l'arrière de l'auto.

Il me montra la roue de secours.

« Maintenant, tiens-toi bien. Mais fais attention. »

Ravi, je me collai à la roue en faisant la chauve-souris. Il remonta dans l'auto et roula lentement. Au bout de cinq minutes il s'arrêta et s'approcha de moi.

« Ça t'a plu ?

— C'était un véritable rêve.

— Ça suffit, maintenant. Rentrons, il commence à faire nuit. »

La nuit tombait dans un grand calme et, au loin, les cigales chantaient dans les buissons pour annoncer que l'été continuait. L'auto roulait tranquillement.

« Bon. Dorénavant, on ne parlera plus de cette histoire. D'accord ?

— Plus jamais.

— Je serais curieux de te voir arriver chez toi et raconter ce que tu as fait pendant tout ce temps.

— J'y ai déjà pensé. Je vais dire que j'ai été au catéchisme. C'est bien jeudi, aujourd'hui ?

— On n'a jamais le dernier mot avec toi. Tu as réponse à tout. »

Alors je m'approchai tout près de lui et appuyai ma tête contre son bras.

« Portugâ !

— Hum...

— Je voudrais rester toujours près de toi, tu sais ?

— Pourquoi ?

— Parce que tu es la personne la plus gentille du monde. Je ne me fais pas gronder quand je suis près de toi et je sens un rayon de soleil inonder mon cœur de bonheur. »

4

Deux corrections
mémorables

« Tu plies comme ça. Maintenant tu coupes le papier avec un couteau, bien dans le pli. »

Le léger bruit de la lame du couteau qui tranchait le papier...

« Maintenant, tu colles très soigneusement en laissant cette marge. Comme ça. »

J'étais à côté de Totoca qui m'apprenait à faire un ballon en papier. Quand il eut fini de coller, Totoca suspendit le ballon à la corde à linge avec une pince.

« Ensuite, tu attends que ce soit bien sec pour faire l'ouverture. Tu as compris, petit âne ?

— J'ai compris. »

Il s'assit avec moi devant la porte de la cuisine et

nous regardions notre ballon de couleur qui mettait du temps à sécher. Totoca qui faisait le professeur m'expliquait :

« Les ballons-mandarines, on ne peut en faire que lorsqu'on a beaucoup d'expérience ; au début tu dois les faire à deux tranches, c'est plus facile.

— Totoca, si je fais un ballon, moi tout seul, tu me feras l'ouverture ?

— Ça dépend. »

Le voilà qui se mettait à marchander en convoitant mes billes ou ma collection d'images d'artistes de cinéma dont personne ne comprenait comment elle grandissait si vite.

« Oh ! là ! là ! Totoca, quand tu me le demandes, je me bats bien à ta place.

— Ça va. Le premier, je te le ferai pour rien, mais si tu ne réussis pas, pour les autres on fera du troc.

— D'accord. »

En même temps je me jurais à moi-même que j'apprendrais si bien qu'il n'aurait pas à mettre la main à mes ballons.

Ah ! mon ballon ne me sortait pas de la tête. Ce devait être *mon* ballon. Imaginez la fierté du Portugâ quand je lui raconterais mon exploit. L'admiration de Xururuca quand il verrait mon œuvre se balancer au bout de mes doigts...

Mû par cette idée, je remplis mes poches de billes et d'images que j'avais en double et gagnai la rue.

J'allais vendre les billes et les images le meilleur marché possible pour pouvoir acheter au moins deux feuilles de papier de soie.

« Allons, mes amis ! Cinq billes pour un sou. Neuves comme si elles sortaient du magasin. »

Et rien.

« Dix images pour un sou. Vous ne les auriez pas à la boutique de dona Lota. »

Rien. Tous les gamins étaient absolument sans le sou. Je fis la rue du Progrès d'un bout à l'autre en proposant ma marchandise. J'allai, en courant presque, rue Baron de Capanema, mais rien.

Si j'allais chez Dindinha ? J'y allai, mais ça n'intéressait pas ma grand-mère.

« Je ne veux acheter ni billes ni images. Tu ferais mieux de les garder. Sinon, demain, tu viendras me demander de l'argent pour en acheter d'autres. »

Certainement, Dindinha n'avait pas d'argent.

Je retournai dans la rue et regardai mes jambes. Elles étaient couvertes de la poussière de la rue. Je regardai le soleil qui commençait à baisser. C'est alors que se produisit le miracle.

« Zézé ! Zézé ! »

Biriquinho arrivait en courant comme un fou.

« Je te cherche partout. Tu vends ? »

Je secouai mes poches en agitant mes billes.

« Allons nous asseoir. »

Nous nous assîmes par terre et j'étalai ma marchandise.

« Combien ?

— Cinq billes un sou, plus trois images pour le même prix.

— C'est cher. »

J'allais me fâcher. Fichu voleur ! Cher, quand tout le monde vendait cinq images et trois billes pour ce que je demandais. Je m'apprêtais à tout remettre dans ma poche.

« Attends. Je peux choisir ?

— Combien as-tu ?

— Trois cents reïs. Je peux en dépenser deux cents.

— Ça va, je te donne six billes et douze images. »

J'entrai comme un tourbillon dans la boutique du « Misère et Famine ». Personne ne pensait plus à la fameuse scène. Il n'y avait que seu Orlando qui bavardait près du comptoir. Mais quand la fabrique sifflerait, les ouvriers viendraient tous boire un verre et personne ne pourrait plus entrer.

« Vous avez du papier de soie, monsieur ?

— Tu as de l'argent ? Je ne te vends plus rien sur le compte de ton père. »

Je ne m'en offensai pas. Je lui montrai les deux pièces dans ma main.

« Je n'ai que rose et orange.

— C'est tout ?

— Avec le temps du cerf-volant, vous m'avez tout dévalisé. Mais qu'est-ce que ça fait ? Ils peuvent bien avoir n'importe quelle couleur, ça ne les empêche pas de voler.

— Mais ce n'est pas pour un cerf-volant. Je vais faire mon premier ballon. Je voudrais que ce soit le plus beau ballon du monde. »

Je n'avais pas de temps à perdre. Si je courais jusqu'au magasin de Chico Franco, je perdrais beaucoup de temps.

« Ça va bien. »

Maintenant, c'était autre chose. Je tirai une chaise près de la table et j'y fis grimper le roi Luís pour regarder.

« Tu restes tranquille, tu me promets ? Zézé va faire une chose très difficile. Quand tu seras plus grand, je t'apprendrai sans que tu me donnes rien. »

La nuit venait à grands pas et moi, je travaillais. La fabrique siffla. Il fallait que je me dépêche. Jandira mettait déjà les assiettes sur la table. Elle avait la manie de nous faire manger plus tôt pour qu'on n'agace pas les grandes personnes.

« Zézé !... Luís !... »

Elle criait comme si nous avions été au diable vauvert. Je fis descendre Luís en lui disant :

« Vas-y, j'arrive.

— Zézé !... Viens tout de suite, sinon tu vas voir.

— J'arrive ! »

La diablesse était de mauvaise humeur. Elle avait dû se disputer avec un de ses amoureux. Celui du bout de la rue ou celui du début ?...

Maintenant, comme un fait exprès, la colle avait séché et la farine collait à mes doigts, ce qui compliquait mon travail.

Elle se remit à crier encore plus fort. Je n'avais presque plus de lumière pour continuer mon travail.

« Zézé !... »

Ça y est. J'étais perdu. Elle arrivait, furieuse.

« Tu penses que je suis ta domestique ? Viens manger immédiatement. »

Elle se précipita dans la salle et m'attrapa par les oreilles. Puis elle me traîna à travers la pièce et me projeta contre la table de la cuisine. Alors je me rebellai.

« Je ne dînerai pas. Je ne dînerai pas. Je ne dînerai pas. Je veux finir mon ballon. »

Je m'échappai et retournai en courant à mon ouvrage.

Elle se transforma en furie. Au lieu de se précipiter sur moi, elle se dirigea vers la table. Et c'en fut fait de mon beau rêve. Mon ballon inachevé n'était plus que des bouts de papier déchiquetés. Et non contente comme ça (ma stupeur était si grande que je ne fis rien pour me défendre), elle m'attrapa par les jambes et par les bras et me jeta au milieu de la salle.

« Quand je parle, c'est pour être obéie. »

Le diable s'empara de moi. Ma révolte explosa comme un ouragan. Ce fut d'abord une simple rafale.

« Tu sais ce que tu es ? Tu es une p... ! »

Elle colla sa figure contre la mienne. Ses yeux lançaient des éclairs.

« Répète, si tu en as le courage. »

Je détachai les syllabes.

« P... ! »

Elle saisit la lanière de cuir sur la commode et commença à me battre sans pitié. Je me détournai et cachai ma figure avec mes mains. Ma douleur était moins grande que ma fureur.

« P... ! P... ! Fille de p... ! »

Elle n'arrêtait pas ; mon corps n'était qu'une brûlure. C'est alors qu'entra Antônio. Il se précipita pour aider sa sœur qui commençait à se fatiguer de tant me battre.

« Tue-moi, criminelle ! La prison me vengera ! »

Et elle frappait, frappait au point que j'étais tombé à genoux, affalé contre la commode.

« P... ! Fille de p... ! »

Totoca me souleva et me mit de face.

« Tais-toi, Zézé, tu ne dois pas injurier ta sœur comme ça.

— C'est une p... Une criminelle. Une fille de p... ! »

Alors il se mit à me battre, sur la figure, les yeux, le nez, la bouche, surtout la bouche...

Je dus mon salut à Glória qui avait entendu. Elle était dans les parages, en train de bavarder avec dona Rosena. Elle se précipita, attirée par les cris. Elle pénétra en trombe dans la salle. Glória ne plaisantait pas et quand elle vit le sang qui coulait sur mon visage, elle repoussa Totoca sur le côté et, sans se préoccuper si Jandira était son aînée, elle l'éloigna d'un coup de pied. Je gisais par terre, presque incapable d'ouvrir les yeux et je respirais avec difficulté. Elle me porta dans ma chambre. Je ne pleurais pas, mais par contre le roi Luís, qui s'était caché dans la chambre de maman, poussait des hurlements terribles parce qu'il était épouvanté et parce qu'on me maltraitait.

Glória tempêtait.

« Un jour, vous tuerez cet enfant, ce n'est pas possible ! Vous êtes des monstres sans cœur. »

Elle m'avait allongé sur mon lit et allait chercher la sacro-sainte cuvette d'eau salée. Totoca entra dans la chambre, la tête basse. Glória le repoussa.

« Sors d'ici, espèce de lâche !

— Tu n'as pas entendu comme il l'insultait ?

— Il n'avait rien fait. C'est vous qui l'avez provoqué. Quand je suis partie, il faisait sagement son ballon. Vous n'avez pas de cœur. Comment peut-on battre son frère de cette façon ? »

En même temps, elle nettoyait mon visage. Je crachai un morceau de dent dans la cuvette. Ça remit le feu aux poudres.

« Regarde ce que tu as fait, petit rien du tout. Quand tu dois te battre, tu as peur et l'appelles à l'aide. Petit m... Je montrerai à tout le monde ton matelas et tes culottes mouillées que tu caches dans ton tiroir tous les matins. »

Puis elle expédia tout le monde dehors et ferma la porte à clef. Elle éclaira la lumière parce qu'il faisait maintenant complètement nuit. Elle m'enleva ma chemise et lava les taches et les balafres sur mon corps.

« Ça fait mal, Gum ?

— Oui. Cette fois, ça fait très mal.

— Je vais tout doucement, mon diablotin chéri. Tu dois rester accroupi un petit moment pour que ça sèche, sinon les vêtements vont coller et tu auras mal. »

Mais c'est ma figure qui me faisait vraiment mal. Elle me cuisait de douleur et de rage devant tant de méchanceté sans motif.

Quand les choses se furent améliorées, elle s'allongea à côté de moi en me caressant les cheveux.

« Tu as vu, Godóia. Je n'avais rien fait. Quand je

le mérite, ça m'est égal qu'on me batte. Mais je n'avais rien fait. »

Elle soupira.

« Le plus triste, c'est mon ballon. Il allait être si beau. Demande à Luís.

— J'en suis sûre. Il allait être merveilleusement beau. Mais ne t'inquiète pas. Demain, on ira chez Dindinha et on achètera du papier de soie. Je t'aiderai à faire le plus beau ballon du monde. Si beau que les étoiles en seront jalouses.

— Ce n'est pas la peine. Godóia. C'est le premier ballon qu'on fait qui est le plus beau. Si on ne le réussit pas, on n'y arrive jamais plus, ou on n'a plus envie de recommencer.

— Un jour... un jour... je t'emmènerai loin de cette maison. On ira habiter... »

La suite ne vint pas. Sûrement, elle avait pensé à la maison de Dindinha, mais là ce serait le même enfer. Alors elle résolut d'entrer dans le monde de mes rêves, de mon pied d'oranges douces.

« Je t'emmènerai habiter dans le ranch de Tom Mix et de Buck Jones.

— Mais je préfère Fred Thompson.

— Alors nous irons avec lui. »

Et complètement désemparés, nous nous mîmes à pleurer tout bas dans les bras l'un de l'autre...

Pendant deux jours, malgré ma nostalgie, je ne vis pas le Portugais. On ne me laissa pas non plus aller à l'école. On ne voulait pas étaler tant de brutalité. Dès que mon visage serait désenflé et mes lèvres cicatrisées, je retrouverais mon rythme de vie normal. Je passais mes journées assis près de Minguinho, avec mon petit frère Luís, sans avoir envie de parler. J'avais peur de tout. Papa m'avait dit qu'il me rouerait de coups si je répétais ce que j'avais dit à Jandira. Si bien que j'osais à peine respirer. Il valait mieux me réfugier dans la petite ombre de mon pied d'oranges douces. Regarder les montagnes d'images que mon Portugâ m'avait données et apprendre patiemment à Luís à jouer aux billes. Il était maladroit, mais un beau jour il finirait par apprendre. Pendant ce temps, ma nostalgie était immense. Le Portugâ devait s'étonner de mon absence ; s'il avait su exactement où j'habitais, il aurait été capable de venir me trouver. Ça me manquait de ne pas entendre sa voix, sa voix où il y avait tellement d'affection quand il me disait : « Alors, Moustique... » J'étais triste aussi de ne plus voir sa figure bronzée, son costume sombre toujours impeccable, sa chemise au col bien amidonné comme si elle sortait de son tiroir, son gilet à carreaux, même ses boutons de manchettes dorés en forme d'ancre, tout ça me manquait. Mais bientôt,

bientôt j'irais bien. Les blessures des enfants se cicatrisent vite, plus vite encore que ne le dit cette phrase qu'on me répétait souvent : « Quand tu te marieras, ce sera guéri. »

Ce soir-là, papa n'était pas sorti. Il n'y avait personne à la maison, sauf Luís qui dormait. Maman aurait dû être déjà rentrée de la ville, mais certaines semaines elle faisait des heures de nuit au Moulin anglais et on ne la voyait que le dimanche. J'avais décidé de rester près de papa, comme ça, je ne ferais pas de bêtises. Il était assis sur le fauteuil à bascule et il regardait le mur, les yeux dans le vague. Comme d'habitude, il n'était pas rasé. Sa chemise n'était pas toujours très propre. Certainement, s'il n'était pas allé jouer à la manille avec ses amis, c'est qu'il n'avait pas d'argent. Pauvre papa, il devait être triste en pensant que maman travaillait pour nourrir la famille. Lalà était entrée à la fabrique. Ce devait être dur de demander partout du travail et de toujours revenir découragé avec cette réponse : nous cherchons quelqu'un de plus jeune... J'étais assis sur le pas de la porte et je comptais les lézards sur le mur, je tournais la tête pour regarder papa.

Je ne l'avais jamais vu aussi triste depuis le matin de Noël. Je devais faire quelque chose pour lui. Et si je chantais ? Je pourrais chanter tout doucement, ça le distrairait sûrement de sa solitude. Je passais en revue mon répertoire dans ma tête et me rappe-

lai la dernière chanson que j'avais apprise avec seu
Ariovaldo. Le tango ; le tango était une des plus
belles choses que je connaisse. Je commençai doucement :

> *Je voudrais une femme toute nue,*
> *Toute nue je voudrais l'avoir...*
> *Le soir au clair de lune.*
> *Je voudrais le corps d'une femme...*

« Zézé !
— Oui, papa. »
Je me levai précipitamment. Papa devait beau-
coup aimer le tango et il voulait que je vienne le
chanter plus près.
« Qu'est-ce que tu chantes ? »
Je recommençai.
« *Je voudrais une femme toute nue...*
— Qui t'a appris ça ? »
Ses yeux avaient pris un éclat trouble comme s'il
était devenu fou.
« C'est seu Ariovaldo.
— Je t'ai déjà dit que je ne voulais pas que tu
traînes dans la rue avec lui. »
Il n'avait jamais dit ça. Je crois même qu'il ne
savait pas que je faisais l'aide-chanteur.
« Recommence cette chanson.
— C'est un tango à la mode. *Je voudrais une*
femme toute nue... »

Une gifle s'abattit sur ma joue.

« Chante encore.

— *Je voudrais une femme toute nue...* »

Une autre gifle, une autre, une autre encore. Les larmes avaient jailli de mes yeux malgré moi.

« Allons, continue à chanter.

— *Je voudrais une femme toute nue...* »

Je ne pouvais presque plus bouger les lèvres, je chancelais. Mes yeux s'ouvraient et se refermaient sous les gifles. Je ne savais pas si je devais m'arrêter ou si je devais obéir... Mais dans ma douleur j'avais décidé une chose : ce serait la dernière rossée que je recevrais, la dernière. Plutôt mourir...

Quand il s'arrêta un peu et m'ordonna de chanter, je ne chantai pas. Je regardais papa avec un immense mépris et je dis :

« Assassin !... Tue-moi tout de suite. La prison me vengera. »

Fou furieux, il se leva alors du fauteuil à bascule. Il défit sa ceinture. Cette ceinture qui avait deux boucles de fer et, rouge de colère, il se mit à me traiter de tous les noms. De sale bête, ordure, traîne-guenille, c'est comme ça que tu parles à ton père...

La ceinture claquait sur mon corps avec une force terrible. J'avais l'impression qu'elle avait mille doigts crochus qui m'atteignaient sur tout le corps. Je tombai, roulé en boule, dans l'angle de la pièce. J'étais sûr qu'il allait me tuer. Je distinguai la voix de Glória qui entrait pour me sauver. Glória, la seule blonde, comme moi. Glória que personne ne touchait. Elle saisit la main de papa et arrêta le coup.

« Papa, papa. Pour l'amour de Dieu, bats-moi, mais ne bats plus cet enfant. »

Il jeta la ceinture sur la table et passa la main sur son visage. Il pleurait sur lui et sur moi.

« J'ai perdu la tête. Je pensais qu'il se moquait de moi. Qu'il me méprisait. »

Quand Glória me ramassa par terre, je m'évanouis.

Quand je repris conscience des choses, je grelottais de fièvre. Maman et Glória étaient à mon chevet et me disaient des choses tendres. Dans la salle il y avait un va-et-vient de beaucoup de monde. On avait même appelé Dindinha. Je souffrais au moindre mouvement. Plus tard, j'appris qu'on avait voulu appeler le docteur, mais ça aurait fait mauvais effet.

Glória m'apporta un bouillon qu'elle avait préparé et essaya de m'en donner quelques cuillerées. J'avais du mal à respirer, encore plus à avaler. Je tombai dans une longue somnolence et quand je me réveillai la douleur allait en diminuant. Maman passa la nuit près de moi ; au petit matin, elle se leva pour se préparer. Elle devait aller travailler. Quand elle vint me dire au revoir, je m'agrippai à son cou.

« Ce ne sera rien, mon petit. Demain, tu iras bien...

— Maman... »

Je dis tout bas – et c'était sans doute la plus grande accusation envers la vie...

« Maman, je n'aurais pas dû naître... J'aurais dû être comme mon ballon... »

Elle caressa tristement mes cheveux.

« Tout le monde naît comme il doit naître. Toi aussi. Mais quelquefois, Zézé, tu es trop indiscipliné... »

5

Douce et étrange
requête

Il me fallut une semaine entière pour me rétablir.
Mon abattement ne provenait pas de la souffrance
ni des coups. À dire vrai, on commençait à bien me
traiter à la maison, ce n'était pas normal. Mais
quelque chose me manquait. Quelque chose
d'important qui m'aurait fait revenir à moi-même,
peut-être croire aux êtres humains, à leur bonté.
J'étais là, bien sage, sans avoir envie de rien, presque
toujours assis près de Minguinho, en regardant la
vie, perdu dans mon désintérêt. Je n'avais pas envie
de bavarder avec lui ni d'écouter ses histoires.
J'acceptais tout de même que mon petit frère reste
près de moi. On jouait au téléphérique du Pain de

Sucre avec les boutons, il adorait ça et il passait la journée à faire monter et descendre les voitures du téléphérique. Je le regardais avec une tendresse immense, parce que, lorsque j'étais petit comme lui, j'aimais aussi jouer à ça...

Mon mutisme préoccupait Glória. Elle laissait à portée de ma main le tas d'images, mon sac de billes et souvent je n'y touchais même pas. Je n'avais pas envie d'aller au cinéma ni de partir avec ma caisse de cireur. La vérité, c'est que je ne parvenais pas à guérir ma blessure intérieure de petit animal battu sans pitié et sans savoir pourquoi...

Glória m'interrogeait sur le monde de mes rêves.

« Ils ne sont pas là. Ils sont partis très loin... »

Il s'agissait évidemment de Fred Thompson et de mes autres amis.

Mais elle ignorait la transformation qui s'était opérée en moi. Ce que j'avais décidé. J'allais changer de films. Dorénavant, je n'irais voir que des films d'amour, comme disaient les grandes personnes, des films où l'on s'embrasse, où tout le monde s'aime. Moi qui n'étais bon qu'à être battu, je verrais au moins les autres s'aimer.

Le jour où je pus retourner à l'école arriva. Mais je n'allai pas à l'école. Je savais que le Portugâ avait dû m'attendre une semaine avec notre auto et, naturellement, il ne recommencerait à m'attendre que lorsque je l'avertirais. Même s'il avait su que j'étais malade, il n'aurait pas essayé de me voir. Nous nous étions donné notre parole, nous avions fait un pacte, à mort, de garder notre secret. Personne, sauf Dieu, ne devait connaître notre amitié.

La belle auto était arrêtée en face de la gare, à côté de la pâtisserie. C'était un premier rayon de soleil de joie. Mon cœur, nourri de nostalgie, bondit de joie. J'allais voir mon ami. Mais au même moment un beau sifflement qui me fit frissonner retentit dans l'entrée de la gare. C'était le Mangaratiba. Violent, orgueilleux, maître des rails. Il passa dans toute sa splendeur, presque volant, en faisant s'entrechoquer ses wagons. Des gens étaient aux fenêtres et regardaient dehors. Tout ce monde qui voyageait était heureux. Quand j'étais petit, j'aimais regarder passer le Mangaratiba et lui dire adieu, interminablement, adieu jusqu'à ce que le train disparaisse. Maintenant, c'était le tour de Luís.

Je parcourus des yeux les tables de la pâtisserie, il était là. À la dernière table pour pouvoir regarder les clients entrer. Il était de dos, sans veste, avec son beau gilet à carreaux qui montrait les manches de sa chemise très blanche.

Une faiblesse me prit, au point que j'eus du mal à m'approcher de lui. C'est seu Ladislau qui donna l'alerte.

« Regarde qui est là, Portugâ. »

Il se retourna lentement et son visage s'éclaira

d'un sourire heureux. Il ouvrit les bras et me serra longuement contre lui.

« Quelque chose me disait que tu viendrais aujourd'hui. »

Puis il me regarda.

« Alors, petit fugueur, où étais-tu passé tout ce temps ?

— J'ai été très malade. »

Il tira une chaise.

« Assieds-toi. »

Il fit claquer ses doigts pour appeler le garçon qui savait très bien ce que j'aimais. Mais quand il posa la limonade et le gâteau devant moi, je n'y touchai pas. J'appuyai ma tête sur mes bras et restai comme ça, je me sentais abattu et triste.

« Tu n'en veux pas ? »

Et comme je ne répondais pas, le Portugâ souleva mon visage. Je me mordais très fort les lèvres et mes yeux étaient mouillés.

« Voyons, qu'est-ce qui arrive, Moustique ? Raconte à ton vieil ami...

— Je ne peux pas. Pas ici... »

Seu Ladislau hochait la tête d'un air de ne rien y comprendre. Je me décidai à dire quelque chose.

« Portugâ, c'est vrai que l'auto, c'est "notre" auto ?

— Oui. Tu en doutes encore ?

— Tu voudrais m'emmener faire une promenade ? »

Ma demande le surprit.

« Si tu veux, allons-y. »

En voyant que mes larmes augmentaient, il me prit par le bras et me conduisit jusqu'à l'auto où il m'assit sans avoir besoin d'ouvrir la portière.

Il retourna payer et j'entendis qu'il parlait avec seu Ladislau et les autres.

« Personne ne comprend ce petit chez lui. Je n'ai jamais vu un enfant avec une pareille sensibilité.

— Avoue la vérité, Portugâ. Tu aimes beaucoup ce diablotin.

— Encore plus que tu ne le penses. C'est un moustique intelligent et merveilleux. »

Il revint à l'auto et s'assit.

« Où veux-tu aller ?

— Je veux seulement partir d'ici. On peut aller jusqu'au chemin du Murundu. C'est près, ça n'usera pas beaucoup d'essence. »

Il rit.

« Tu n'es pas trop petit pour te préoccuper des problèmes des grandes personnes ? »

La pauvreté était telle à la maison qu'on apprenait très tôt à ne rien gaspiller. Tout coûtait de l'argent, était cher.

Durant notre petit voyage il ne dit rien. Il me laissait me calmer. Mais quand on fut loin de tout et que le chemin ne fut plus qu'une merveilleuse prairie verte, il arrêta l'auto, me regarda et me sourit avec une bonté qui compensait toute celle qui manquait dans le reste du monde.

« Portugâ, regarde ma figure, mon museau plutôt, pas ma figure. À la maison, ils disent que j'ai un museau parce que je ne suis pas une personne, je suis un animal, un Indien Pinagé, le fils du diable.

— Je préfère encore regarder ta figure.

— Mais regarde bien. Regarde toutes ces traces de coups. »

Les yeux du Portugais prirent une expression triste et inquiète.

« Mais pourquoi t'a-t-on fait ça ? »

Et je lui racontai, je lui racontai tout, sans une exagération. Quand j'eus terminé, ses yeux étaient humides et il ne savait pas quoi faire.

« Ce n'est pas possible de battre de cette façon un petit garçon comme toi. Tu n'as pas encore six ans. Notre-Dame de Fátima !

— Je sais pourquoi. Je ne vaux rien. Je suis si mauvais qu'à Noël c'est un petit diable qui naît à la place du petit Jésus !...

— Des sottises, tu es un véritable ange. Tu es peut-être un peu espiègle... »

Cette idée fixe recommençait à m'angoisser.

« Je suis si mauvais que je n'aurais pas dû naître. Je l'ai dit à maman l'autre jour. »

Pour la première fois il bégaya.

« Tu n'aurais pas dû dire ça.

— Je t'ai demandé de te parler parce que j'en avais vraiment besoin. Je sais que c'est affreux pour papa de ne pas trouver de travail parce qu'il est trop vieux. Je sais que ça doit le rendre très malheureux. Maman doit partir très tôt pour qu'on puisse payer la maison. Elle travaille aux métiers à tisser du Moulin anglais. Elle porte une ceinture parce qu'elle a soulevé une caisse de bobines et ça lui a donné une hernie. Lalà est une jeune fille qui a beaucoup étudié et elle a dû devenir ouvrière à la fabrique... Tout ça, c'est injuste. Mais quand même, il ne devait pas me battre si fort. À Noël, je lui ai promis qu'il pourrait me battre tant qu'il voudrait, mais cette fois c'était trop. »

Il me regardait, interdit.

« Notre-Dame de Fátima ! Comment un enfant peut-il ainsi comprendre et faire siens les problèmes des grandes personnes ? Je n'ai jamais vu ça ! »

Il soupira.

« Nous sommes des amis, oui ou non ? Nous allons parler d'homme à homme. Bien que j'en aie parfois la chair de poule de parler de certaines choses avec toi. Bon, je crois que tu n'aurais pas dû dire ces gros mots à ta sœur. D'ailleurs, tu ne devrais jamais dire de gros mots, tu sais ?

— Mais je suis petit. C'est le seul moyen que j'aie pour me venger.

— Tu sais ce que ça veut dire ? »

Je fis oui avec la tête.

« Alors, tu ne peux pas et tu ne dois pas.

— Portugâ ! »

Il y eut un silence.

« Hum.

— Tu n'aimes pas que je dise des gros mots ?

— Pas du tout.

— Eh bien, si je ne meurs pas, je te promets que je n'en dirai plus.

— Très bien. Mais qu'est-ce que c'est que cette histoire de mourir ?

— Je t'expliquerai tout à l'heure. »

Nouveau silence. Le Portugais était préoccupé.

« Je voudrais savoir autre chose puisque tu as confiance en moi. Cette fameuse chanson, le tango, tu savais ce que tu chantais ?

— Je ne veux pas te mentir. Je ne savais pas exactement. Je l'ai apprise parce que j'apprends n'importe quoi et que la musique était jolie. Sans penser à ce que ça voulait dire... Mais il m'a tellement battu, Portugâ, tellement... Ça ne fait rien... »

Je reniflai longuement.

« Ça ne fait rien, je vais le tuer.

— Qu'est-ce que tu dis, petit, tuer ton père ?

— Oui, je le ferai. J'ai déjà commencé. Tuer, ça

ne veut pas dire que je vais prendre le revolver de Buck Jones et faire boum ! Non. Je vais le tuer dans mon cœur, en cessant de l'aimer. Et un jour il sera mort.

— Que d'imagination dans cette petite tête ! »

Il disait ça, mais il ne parvenait pas à cacher l'émotion qui l'étreignait.

« Mais moi aussi, tu avais dit que tu me tuerais...

— Je l'ai dit au début. Ensuite, je t'ai tué à l'envers. Je t'ai fait mourir en te faisant naître dans mon cœur. Tu es la seule personne que j'aime, Portugâ. Le seul ami que j'aie. Ce n'est pas parce que tu me donnes des images, de la limonade, des gâteaux et des billes... Je te jure que je dis la vérité.

— Écoute, tout le monde t'aime bien. Ta mère, même ton père, ta sœur Glória, le roi Luís... et ton pied d'oranges douces, tu l'aurais oublié par hasard ? Le dénommé Minguinho et...

— Xururuca.

— Eh bien, alors !...

— Maintenant, ce n'est plus pareil, Portugâ. Xururuca est un simple oranger qui n'est même pas capable de donner une fleur... Ça, c'est la vérité... Mais toi, non. Tu es mon ami, c'est pour cela que je t'ai demandé de nous promener dans notre auto qui sera bientôt seulement la tienne. Je suis venu te dire adieu.

— Adieu ?

— C'est vrai. Tu vois, je ne suis bon à rien, j'en ai assez de recevoir des coups et de me faire tirer les oreilles. Je vais cesser d'être une bouche de plus... »

Je commençais à sentir un nœud douloureux dans ma gorge. J'avais besoin de beaucoup de courage pour dire la suite.

« Tu vas t'enfuir ?

— Non. J'ai pensé à ça toute la semaine. Ce soir, je vais me jeter sous le Mangaratiba. »

Il ne dit rien. Il me serra très fort dans ses bras et me réconforta de la façon dont lui seul savait le faire.

« Non. Ne dis pas ça, pour l'amour de Dieu. Tu as une belle vie devant toi. Avec cette imagination et cette intelligence. Je ne veux plus que tu penses ni que tu répètes ça ! Et moi ? Tu ne m'aimes pas ? Si tu m'aimes vraiment, si tu ne mens pas, tu ne dois plus parler de la sorte. »

Il s'éloigna de moi et me regarda dans les yeux. Il essuya mes larmes du revers de la main.

« Je t'aime beaucoup, Moustique. Beaucoup plus que tu ne le penses. Allons, souris. »

Je souris, un peu soulagé par ma confession.

« Tout ça va passer. Bientôt, tu seras le maître de la rue avec tes cerfs-volants, le roi des billes, un cow-boy aussi fort que Buck Jones... D'autre part, j'ai pensé à une chose. Tu veux savoir ?

— Oui.

— Samedi, je n'irai pas voir ma fille à l'Encantado.

Elle est allée passer quelques jours à Paquetá avec son mari. Comme il fait beau, j'avais pensé à aller pêcher dans le Guandu. Et comme je n'ai pas de grand ami pour m'accompagner, j'ai pensé à toi. »

Mes yeux s'illuminèrent.

« Tu m'emmènerais ?

— Bien sûr, si tu veux. Tu n'es pas obligé de venir. »

En guise de réponse, j'appuyai ma joue contre sa joue barbue, je mis mes bras autour de son cou et je le serrai très fort.

Nous étions heureux, toute la tragédie s'était éloignée.

« Il y a un joli coin. Nous emporterons quelque chose à manger. Qu'est-ce que tu préfères ?

— Toi, Portugâ.

— Je parle du salami, des œufs, des bananes...

— J'aime tout. À la maison, on apprend à aimer ce qu'il y a et quand on l'a.

— Alors on ira ?

— Je ne vais plus dormir en y pensant. »

Mais un grave problème assombrissait mon bonheur.

« Et que vas-tu dire pour quitter la maison une journée entière ?

— J'inventerai quelque chose.

— Et si on te bat, après ?

— Jusqu'à la fin du mois, personne ne peut me battre. On l'a promis à Glória et Glória est féroce. C'est la seule blonde, avec moi.

— C'est vrai ?

— Oui, c'est vrai. On ne pourra me toucher qu'au bout d'un mois, quand j'aurai récupéré.

Il mit le moteur en marche et prit le chemin du retour.

« Alors, ça, on n'en parlera plus ?

— Ça quoi ?

— Le Mangaratiba.

— J'attendrai un peu pour le faire...

— Tant mieux. »

J'appris ensuite par seu Ladislau que, malgré ma promesse, le Portugâ ne rentra chez lui qu'après le passage du Mangaratiba, très tard dans la nuit.

Nous sommes passés par un beau chemin. La route n'était pas goudronnée ni pavée non plus ; mais c'était plein d'arbres et de prairies, une vraie merveille. Sans parler du soleil et du ciel d'un bleu joyeux. Un jour, Dindinha m'avait dit que la joie est un soleil qui brille dans le cœur. Et que le soleil illuminait tout de bonheur. Si c'était vrai, mon soleil intérieur embellissait tout...

Nous bavardions de tas de choses tandis que

l'auto glissait sans se presser. Elle avait l'air de vouloir écouter notre conversation.

« Alors, quand tu es avec moi, tu es sage comme une image. Tu dis que ta maîtresse... Comment s'appelle-t-elle, déjà ?

— Dona Cecília Paim. Tu sais, elle a une tache blanche sur l'œil...

— Dona Cecília Paim, donc, ne croit pas que tu fasses toutes ces sottises quand tu n'es plus en classe. Avec Glória et avec ton petit frère, tu es gentil. Alors, pourquoi changes-tu ainsi ?

— Je ne sais pas. Je sais seulement que tout ce que je fais finit par des sottises. Toute la rue connaît mes mauvais tours. C'est à croire que le diable me souffle des choses tout bas. Sans quoi je n'inventerais pas tant de polissonneries, comme dit mon oncle Edmundo. Tu sais ce que j'ai fait, une fois, à l'oncle Edmundo ? Je ne t'ai jamais raconté ?

— Jamais.

— Remarque que c'est arrivé il y a au moins six mois. Il avait reçu un hamac du Nord, et il était tout ravi. Il ne me laissait pas me balancer dedans, le fils de p...

— Qu'est-ce que tu as dit ?

— Bon, le misérable, quand il avait fini sa sieste, décrochait le hamac et l'emportait sous le bras. Comme si j'allais le lui mettre en morceaux ! Alors, un jour, j'allai chez Dindinha et elle ne me vit pas entrer. Elle devait avoir ses lunettes sur le bout du nez pour lire les réclames dans le journal. J'ai fait le tour de la maison et j'ai regardé les goyaviers ; rien. Alors, j'ai vu l'oncle Edmundo qui ronflait dans son hamac ; il l'avait suspendu entre la haie et le tronc d'un oranger. Il ronflait comme un porc, la bouche entrouverte. Son journal était tombé par terre. Alors le diable m'a soufflé quelque chose et j'ai pensé que j'avais une boîte d'allumettes dans ma poche. J'ai arraché un morceau de journal et j'ai fait un petit tas avec les autres feuilles. J'y ai mis le feu et quand les flammes apparurent sous son... »

Je m'arrêtai et demandai sérieusement :

« Portugâ, derrière, je peux le dire ?

— Hum, ce n'est pas très joli, il ne faut pas trop le dire.

— Alors, qu'est-ce qu'on peut dire quand on veut dire derrière ?

— Postérieur.

— Comment ? Je dois apprendre ce mot si compliqué ?

— Postérieur. *Pos-té-rieur.*

— Ben, quand ça a commencé à brûler sous le postérieur de son derrière, je suis parti en courant, je suis sorti par le portillon et j'ai regardé par un petit trou de la haie ce qui allait se passer. J'ai entendu un grand cri. Le vieux sauta en l'air et souleva le hamac. Dindinha se précipita et le gronda en plus : "Je passe mon temps à te dire que tu ne devrai pas fumer dans ton hamac." Et en voyant le journal brûlé, elle s'est plainte de ne pas l'avoir lu. »

Le Portugais riait de bon cœur, j'étais content de le voir gai.

« On t'a battu ?

— On n'a rien découvert. Je ne l'ai raconté qu'à Xururuca. Si on m'avait pris, on me coupait...

— Coupait quoi ?

— Ben, on me châtrait. »

Il se remit à rire et nous continuâmes en regardant la route. L'auto soulevait une poussière jaune. Je ruminais quelque chose.

« Portugâ, tu ne m'as pas menti, n'est-ce pas ?

— À propos de quoi, Moustique ?

— C'est que je n'ai jamais entendu quelqu'un dire : il a reçu un coup de pied dans le postérieur. Toi si ? »

Il rit à nouveau.

« Tu es terrible. Moi non plus. Oublie postérieur et remplace-le par arrière-train. Mais changeons de sujet sinon je finirai par ne plus savoir que te répondre. Regarde le paysage, tous ces grands arbres, nous approchons de la rivière. »

Il tourna à droite et prit un chemin de traverse. L'auto avançait, avançait et stoppa en plein milieu d'une clairière. Il n'y avait qu'un grand arbre avec d'énormes racines.

Je battis des mains dans ma joie.

« Que c'est beau ! Quelle belle clairière ! Quand je verrai Buck Jones, je lui dirai que ses plaines et ses prairies ne sont pas la moitié aussi belles que notre clairière. »

Il passa la main sur mes cheveux.

« Voilà comment j'aime te voir, vivant de bons rêves et non pas avec des araignées dans la tête. »

Nous descendîmes de voiture et je l'aidai à transporter les choses à l'ombre de l'arbre.

« Tu viens toujours seul ici, Portugâ ?

— Presque toujours. Tu vois ? Moi aussi, j'ai un arbre.

— Comment s'appelle-t-il, Portugâ ? Quand on a un arbre grand comme ça, il faut lui donner un nom. »

Il réfléchit, sourit et réfléchit encore.

« C'est mon secret, mais je vais te le dire. Il s'appelle la Reine Charlotte.

— Et il parle avec toi ?

— Parler, non. Parce qu'une reine ne parle jamais directement avec ses sujets. Mais je l'appelle toujours "Sa Majesté".

— C'est quoi les sujets ?

— C'est le peuple qui obéit à ce que la reine ordonne.

— Je peux être ton sujet, moi ? »

Il éclata d'un rire joyeux qui fit du vent dans les brins d'herbes.

« Non, parce que je ne suis pas un roi, je ne commande pas. Je te demande toujours les choses.

— Mais tu pourrais être un roi. Tu as tout ce qu'il faut pour être un roi. Les rois, c'est gros comme toi. Le roi de cœur, le roi de pique, le roi de trèfle, le roi de carreau, tous les rois du jeu de cartes sont beaux comme toi, Portugâ.

— Allons, allons, au travail. Sinon, avec tous ces bavardages, on ne pêchera rien. »

Il prit une canne à pêche, une boîte de conserve remplie de vers de terre, se déchaussa et posa son gilet. Il avait l'air encore plus gros sans gilet. Il montra la rivière.

« Par là, tu peux jouer, c'est plat. Mais ne va pas de l'autre côté, c'est très profond. Maintenant, je vais pêcher. Si tu veux rester avec moi, il ne faut pas parler, les poissons s'enfuiraient. »

Je le laissai à sa pêche et partis à l'aventure. Découvrir les choses. Que c'était beau, cet endroit de la rivière. Je trempai mes pieds dans l'eau et je vis une quantité de petites grenouilles de tous les côtés. Je regardai le sable, les cailloux, les feuilles entraînées par le courant. Je pensai à Glória.

Ô source, laisse-moi, disait
La fleur en pleurant.
Je suis née sur les collines
Ne m'emporte pas vers la mer.
Las ! balancis des branchages
Doux balancis des branchages
Las ! claires gouttes de rosée
Tombées du bleu du ciel...
Mais la source bruyante et froide
Avec un murmure moqueur
Courait sur le sable
Courait en emportant la fleur...

Glória avait raison. C'était la plus belle chose du monde. Quel dommage que je ne puisse pas lui raconter que j'avais vu la poésie vivre. Ce n'était pas une fleur mais des petites feuilles qui tombaient des arbres et s'en allaient vers la mer. Est-ce que la rivière, cette rivière allait aussi vers la mer ? Je pouvais le demander au Portugâ. Non, j'allais troubler sa pêche. Mais le résultat de la pêche se borna à deux minuscules *lambaris,* ça faisait pitié de les avoir pris.

Le soleil était très haut. J'avais la figure en feu à force de jouer et de bavarder avec la vie. C'est alors que le Portugâ s'approcha et m'appela. J'arrivai en courant comme un cabri.

« Tu es bien sale, Moustique.

— J'ai joué à tout. Je me suis couché par terre. J'ai barboté dans l'eau...

— Nous allons manger. Mais tu ne peux pas manger ainsi, sale comme un petit cochon. Allons, déshabille-toi et plonge là où l'eau est basse. »

Mais je restais indécis sans vouloir obéir.

« Je ne sais pas nager.

— Mais ça ne fait rien. Allons, je reste tout près. »

Je ne bougeais pas. Je ne voulais pas qu'il voie...

« Tu ne vas pas me dire que tu as honte de te déshabiller devant moi...

— Non. Ce n'est pas ça... »

Je n'avais pas d'autre solution ; je ne me tournai et commençai à quitter mes vêtements. D'abord ma chemise, ensuite mon pantalon avec ses bretelles de tissu.

Je jetai tout par terre et me tournai vers lui d'un air suppliant. Il ne dit absolument rien, mais l'horreur et la révolte étaient empreintes dans ses yeux. Je ne voulais pas qu'il voie les marques, les balafres et les cicatrices des fouettées que j'avais reçues.

Il murmura seulement :

« Si ça te fait mal, n'entre pas dans l'eau.

— Maintenant, ça ne fait plus mal. »

Nous avons mangé des œufs, du salami, du pain

et du gâteau à la banane que j'aime beaucoup ! Nous avons bu de l'eau à la rivière et nous sommes retournés sous la Reine Charlotte.

Au moment où le Portugais allait s'asseoir, je lui fis signe d'attendre.

La main sur la poitrine, je saluai l'arbre.

« Majesté, votre sujet Manuel Valadares, le plus grand guerrier de la nation Pinagé... Nous allons nous asseoir sous Votre Seigneurie... »

Et nous nous assîmes en riant.

Le Portugâ s'allongea sur le sol, roula son gilet sur une racine de l'arbre en guise d'oreiller et me dit :

« Maintenant, tâche de faire un petit somme.

— Mais je n'en ai pas envie.

— Aucune importance. Je ne veux pas te lâcher par ici, diable comme tu l'es. »

Il posa sa main sur ma poitrine et me retint prisonnier. Un long moment, nous contemplâmes les nuages qui s'enfuyaient à travers les branches de l'arbre. C'était l'instant favorable. Si je ne parlais pas maintenant, je ne le ferais plus jamais.

« Portugâ !

— Hum...

— Tu dors ?

— Pas encore.

— C'est vrai ce que tu as dit à seu Ladislau à la pâtisserie ?

— J'ai dit tant de choses à seu Ladislau à la pâtis-serie !

— À propos de moi. J'ai entendu, de l'auto...

— Et tu as entendu quoi ?

— Que tu m'aimais beaucoup...

— Bien sûr que je t'aime. Et alors ? »

Alors je me tournai vers lui sans me libérer de ses bras. Je regardai fixement ses yeux mi-clos. Comme ça, sa figure était encore plus grosse, il ressemblait encore davantage à un roi.

« C'est que je voudrais savoir si tu m'aimes vrai-ment.

— Bien sûr, grand nigaud. »

Et il me serra plus fort pour prouver ce qu'il disait.

« J'ai bien réfléchi. Tu as seulement cette fille à l'Encantado, n'est-ce pas ?

— Oui.

— Et tu vis seul dans cette maison avec les deux cages à oiseaux, n'est-ce pas ?

— Oui.

— Tu m'as dit que tu n'as pas de petits-enfants, n'est-ce pas ?

— Oui.

— Et tu as dit que tu m'aimais, n'est-ce pas ?

— Oui.

— Alors, pourquoi n'irais-tu pas chez moi et tu demanderais à papa de me donner à toi ? »

Il en fut si ému qu'il s'assit et me prit la figure entre ses deux mains.

« Tu aimerais être mon petit garçon ?

— On ne peut pas choisir son père avant sa naissance. Mais si j'avais pu, je t'aurais voulu toi.

— C'est vrai, Moustique ?

— Je peux le jurer. Et puis, je serais une bouche de moins à nourrir. Je te promets que je ne dirai plus de gros mots, même pas derrière. Je cirerai tes chaussures, je soignerai les oiseaux. Je serai toujours sage. Je serai le meilleur élève à l'école. Je ferai tout très bien. »

Il ne savait que dire.

« À la maison, tout le monde serait fou de joie si on me donnait. Ce serait un soulagement. J'ai une sœur, entre Antônio et Glória, qu'on a donnée dans le Nord. Elle est allée vivre chez une cousine qui est riche pour étudier et devenir quelqu'un... »

Le silence persistait et ses yeux étaient pleins de larmes.

« S'ils ne veulent pas me donner, tu pourrais m'acheter. Papa n'a pas d'argent du tout. Je suis sûr qu'il me vendrait. S'il demande trop cher, tu peux me payer en plusieurs fois, comme seu Jacob vend les choses... »

Voyant qu'il ne répondait pas, je m'allongeai à nouveau, et lui aussi.

« Tu sais, je ne voulais pas te faire pleurer... »

Il caressa lentement mes cheveux.

« Ce n'est pas ça, mon enfant, ce n'est pas ça. On ne transforme pas la vie d'un simple tour de passe-passe. Mais je vais te proposer quelque chose. Je ne peux pas t'enlever à tes parents et à ta famille. Bien que j'aimerais beaucoup pouvoir. Je n'en ai pas le droit. Mais désormais, moi qui t'aimais déjà comme un fils, je te traiterai comme si tu étais vraiment mon fils. »

Je me dressai dans ma joie.

« C'est vrai, Portugâ ?

— Je peux te le jurer, comme tu dis. »

Je fis une chose que je faisais rarement et seulement avec les gens de ma famille. J'embrassai sa grosse figure si bonne...

6

De petits riens
qui font la tendresse

« Et aucun d'eux ne parlait, tu ne pouvais même pas monter à cheval dessus, Portugâ ?

— Non.

— Pourtant, tu étais un enfant ?

— Oui. Mais tous les enfants n'ont pas la chance que tu as de comprendre les arbres. Et tous les arbres n'aiment pas parler. »

Il rit affectueusement et poursuivit :

« Ce n'étaient pas vraiment des arbres, c'étaient des treilles, et avant que tu m'interroges, je vais t'expliquer : les treilles, ce sont les arbres des raisins. C'est là qu'ils poussent. Ce sont des espèces de grosses vignes grimpantes. C'est beau au moment des vendanges (il m'expliqua) et le vin que l'on fait dans le pressoir (il m'expliqua de nouveau)... »

Au fur et à mesure, il savait m'expliquer beaucoup de choses savantes. Aussi bien que l'oncle Edmundo.

« Raconte encore.

— Ça te plaît ?

— Beaucoup. Si je pouvais, je parlerais avec toi huit cent cinquante-deux mille kilomètres sans m'arrêter.

— Et l'essence pour tout ça ?

— On ferait semblant. »

Puis il me parla de l'herbe qui devenait du foin, l'hiver, et de la fabrication du fromage, ou plutôt du « fromache ». Il transformait la sonorité des mots, mais je trouvais que c'était encore plus beau...

Il s'arrêta de parler et poussa un grand soupir...

« J'aimerais retourner là-bas, bientôt. Attendre tranquillement ma vieillesse dans un endroit paisible, enchanteur. À Folhadela, près de Monreal, dans mon beau Tras-os-Montes. »

Je n'avais jamais remarqué jusqu'alors que le Portugâ était plus vieux que papa, quoique sa grosse figure soit moins marquée, toujours éclatante. Une chose étrange se passa en moi.

« Tu parles sérieusement ? »

Il remarqua alors mon désappointement.

« Nigaud, ce sera dans très longtemps. Peut-être n'y retournerai-je jamais plus de ma vie.

— Et moi ? J'ai eu tant de mal pour que tu deviennes comme je voulais que tu sois ! »

Malgré moi, mes yeux s'étaient remplis de larmes.

« Tu dois admettre que moi aussi, parfois, je fasse des rêves.

— Mais tu ne m'as pas mis dans ton rêve. »

Il sourit de plaisir.

« Toi, je te mets dans tous mes rêves, Portugâ. Quand je pars dans les grandes prairies vertes avec Tom Mix et Fred Thompson, j'ai loué une diligence pour que tu voyages sans trop te fatiguer. Dans tous les endroits où je vais, tu y es. De temps en temps, à l'école, je regarde la porte et je pense que tu vas apparaître et me dire bonjour...

— Grand Dieu ! Je n'ai jamais vu un petit cœur aussi avide de tendresse... Mais tu ne devrais pas t'attacher autant à moi, tu sais ?... »

Voilà ce que je racontais à Minguinho. Minguinho était encore un pire bavard que moi.

« C'est vrai. Xururuca, depuis qu'il est devenu mon père, c'est une vraie mère poule. Tout ce que je fais, il le trouve bien. Mais il le trouve bien à sa manière. Ce n'est pas comme les autres qui disent : cet enfant ira loin. J'irai loin, mais je ne sors jamais de Bangu. »

Je regardais Minguinho avec tendresse. Depuis

que j'avais découvert vraiment ce qu'était la tendresse, j'inondais de tendresse tout ce que j'aimais.

« Tu sais, Minguinho, je veux avoir douze enfants et encore douze. Tu comprends ? Les douze premiers resteront toujours des enfants et on ne les battra jamais. Les autres deviendront des hommes. Et je leur demanderai : "Que veux-tu être, mon petit ? Bûcheron ? Très bien, voici la hache et la chemise écossaise. Toi, tu veux être dompteur dans un cirque ? Très bien, voici le fouet et le costume..."

— Et à Noël, comment feras-tu avec tant d'enfants ? »

Ce Minguinho ! M'interrompre à un moment pareil...

« À Noël, j'aurai beaucoup d'argent. J'achèterai un camion de châtaignes et de noisettes. Des noix, des figues et des raisins secs. Il y aura tellement de jouets qu'ils en prêteront, ils en donneront aux petits voisins pauvres... J'aurai beaucoup d'argent parce qu'à partir de maintenant je veux être riche, riche et même je veux gagner à la Loterie... »

Je regardai Minguinho d'un air de défi et je lui reprochai son intervention.

« Laisse-moi raconter la suite, il y a encore beaucoup d'enfants. Bien, tu veux être cow-boy, mon fils ? Voilà la selle et le lasso. Tu veux être le conducteur du Mangaratiba ? Voici la casquette et le sifflet...

— Pourquoi le sifflet, Zézé ? Tu deviens maboul à force de parler seul... »

Totoca venait d'arriver, il s'était assis près de moi. Il contemplait avec un sourire amical mon pied d'oranges douces, plein de rubans et de capsules de bière. Il voulait quelque chose.

« Zézé, tu veux me prêter quatre cents reïs ?

— Non.

— Mais tu les as, n'est-ce pas ?

— Je les ai.

— Et tu dis que tu ne me les prêtes pas sans savoir pourquoi c'est faire ?

— Je veux devenir très riche pour pouvoir aller à Tras-os-Montes.

— Qu'est-ce que c'est, encore, cette invention ?

— Je ne te le dirai pas.

— Eh bien, garde-la pour toi.

— Je la garde pour moi et je ne te prête pas les quatre cents reïs.

— Tu es adroit comme une souris, tu vises bien. Demain, tu joues et tu gagnes d'autres billes que tu pourras vendre. En quelques minutes, tu auras récupéré tes quatre cents reïs.

— Ça n'empêche pas que je ne te les prête pas. Et n'essaie pas de te disputer avec moi. Je veux être sage, je ne m'occupe de personne.

— Je ne veux pas me disputer. Mais tu es mon

frère préféré. Et te voilà devenu un monstre sans cœur...

— Je ne suis pas un monstre. Je suis un troglodyte sans cœur.

— Un quoi ?

— Un troglodyte... Tonton Edmundo m'a montré une photo dans une revue. Il y avait un gros singe poilu avec un gourdin à la main. Un troglodyte, c'était quelqu'un, au commencement du monde, qui vivait dans les cavernes de Nem... Nem... Nem je ne sais quoi. Je ne suis pas arrivé à retenir le nom par cœur, parce que c'était un nom étranger, trop compliqué.

— L'oncle Edmundo ne devrait pas te mettre tant de sornettes dans la tête. Alors, tu me les prêtes ?

— Je ne sais pas si je les ai...

— Pfff !... Zézé, quand on va cirer les chaussures et que tu n'as rien gagné, je partage, non ? Et quand tu es fatigué, je porte ta caisse, alors... »

C'était vrai. Totoca était rarement méchant avec moi. Je savais que j'allais finir par les lui prêter.

« Si tu me les prêtes, je te raconterai deux choses extraordinaires. »

Je restai silencieux.

« Je dirai que ton petit oranger est bien plus joli que mon tamarinier.

— Tu diras ça ?

— Je l'ai déjà dit. »

Je mis la main dans ma poche et secouai les pièces.

« Et les deux autres choses ?

— Tu sais, Zézé, notre misère va prendre fin ; papa a trouvé une place de gérant à la fabrique de Santo Aleixo. Nous allons à nouveau être riches. Ouais ! Tu n'es pas content ?

— Si, bien sûr, pour papa. Mais je ne veux pas quitter Bangu. Je resterai avec Dindinha. Je ne partirai d'ici que pour Tras-os-Montes...

— Je vois. Tu préfères rester avec Dindinha et prendre une purge tous les mois plutôt que de venir avec nous ?

— Oui. Et tu ne sauras jamais pourquoi... Et l'autre chose ?

— Je ne peux pas parler ici. Il y a quelqu'un qui ne doit pas entendre. »

J'allai avec lui près de la cabane. Malgré cette précaution, il parla à voix basse :

« Je dois t'avertir, Zézé. Pour que tu t'habitues. La mairie va élargir les rues. On va boucher toutes les rigoles et prendre le fond du jardin.

— Qu'est-ce que ça fait ?

— Toi qui es si intelligent, tu n'as pas compris ? Pour élargir la rue ils vont supprimer tout ce qu'il y a ici. »

Il me montra l'emplacement de mon pied d'oranges douces. J'étais près de pleurer.

« Tu mens, n'est-ce pas, Totoca ?

— Ce n'est pas la peine de faire cette tête. Il faudra du temps. »

Mes doigts comptaient nerveusement les pièces dans ma poche.

« Ce n'est pas vrai, n'est-ce pas, Totoca ?

— Si. C'est la pure vérité. Mais tu es un homme, oui ou non ?

— Oui. »

Mais les larmes coulaient sans honte sur mes joues. Je m'agrippais à son ventre, suppliant.

« Tu seras avec moi, hein, Totoca ? Je vais trouver beaucoup de gens pour faire la guerre. Personne ne coupera mon petit oranger...

— Ça va. On ne les laissera pas faire. Et maintenant tu me prêtes l'argent ?

— C'est pour quoi faire ?

— Comme tu ne peux pas entrer au cinéma Bangu... On passe un film de Tarzan. Ensuite je te raconterai. »

Je pris une pièce de cinq cents reïs que je lui donnai tout en m'essuyant les yeux avec mon pan de chemise.

« Garde tout. Tu achèteras des bonbons... »

Je retournai près de mon pied d'oranges douces. Je n'avais pas envie de parler, je repensais au film de

Tarzan. Je l'avais déjà vu la veille. J'en avais parlé au Portugâ.

« Tu veux y aller ?

— Je voudrais bien, mais je ne peux pas entrer au cinéma Bangu. »

Il se rappela pourquoi. Il rit.

« Tu n'inventes rien dans ta petite cervelle ?

— Je te le jure, Portugâ. Mais je crois que si une grande personne venait avec moi, on ne dirait rien.

— Et si cette grande personne était moi... C'est ce que tu veux ? »

Mon visage s'éclaira de joie.

« Mais je dois travailler, mon petit.

— À cette heure-ci, il n'y a jamais personne nulle part. Au lieu de rester à bavarder ou à faire la sieste dans l'auto, viens voir Tarzan lutter avec les léopards, les crocodiles, les gorilles. Tu sais qui joue ? C'est Frank Merrill. »

Mais il n'était pas encore décidé.

« Tu es un petit diable. Tu as des astuces pour tout.

— Il n'est que deux heures. Tu es déjà très riche, Portugâ.

— Bien, allons-y. Mais nous irons à pied. Je vais laisser la voiture garée là où elle est. »

Et nous y allâmes. Mais au guichet la jeune fille dit qu'elle avait l'ordre formel de ne pas me laisser entrer pendant un an.

« J'en prends la responsabilité. Ça, c'était avant, maintenant il est devenu raisonnable. »

L'employée me regarda et je lui fis un sourire. Je posai un baiser sur le bout de mes doigts et je le soufflai vers elle.

« Écoute-moi, Zézé. Si tu te conduis mal, je perdrai ma place. »

C'était ça que je n'avais pas envie de raconter à Minguinho. Mais je n'y tins pas longtemps et je finis par le lui raconter.

7

Le Mangaratiba

Quand dona Cecília Paim demanda si quelqu'un voulait aller au tableau pour écrire une phrase, mais une phrase qu'il ait inventé lui-même, aucun élève ne bougea. Moi, je pensai quelque chose et je levai le doigt.

« Tu veux venir, Zézé ? »

Je quittai mon pupitre et je me dirigeai vers le tableau noir, fier de l'entendre ajouter :

« Vous voyez ! Le plus petit de la classe. »

Je n'arrivais pas à la moitié du tableau noir. Je pris la craie et écrivis avec application : « Dans quelques jours nous serons en vacances. »

Je la regardai pour savoir s'il y avait une faute.

Elle souriait, elle était contente. Et sur la table il y avait le verre vide. Vide, mais avec la rose imaginaire, comme elle avait dit. Peut-être était-ce parce que dona Cecília Paim n'était pas très jolie que presque jamais personne ne lui apportait de fleur.

Je retournai à mon pupitre, content de ma phrase. Content aussi parce que, lorsque nous serions en vacances, j'allais faire des tas de promenades avec le Portugâ.

D'autres, ensuite, se décidèrent à écrire des phrases. Mais le héros, c'était moi.

Quelqu'un demanda la permission d'entrer en classe. Un retardataire. C'était Jerônimo. Il arriva très agité et s'assit juste derrière moi. Il posa bruyamment ses livres et expliqua quelque chose à son voisin. Je n'y fis pas attention. J'étais décidé à bien travailler pour être savant. Mais un mot de la conversation à voix basse attira mon attention. Il parlait du Mangaratiba.

« Il a rencontré l'auto ?

— Oui la grosse auto de seu Manuel Valadares. »

Pris de panique, je me retournai.

« Qu'est-ce que tu dis ?

— Je dis que le Mangaratiba a rencontré l'auto du Portugais au passage à niveau de la rue des Indiennes. C'est pour ça que je suis arrivé en retard. Le train a mis l'auto en miettes. Il y a plein de monde. On a même appelé les pompiers de Realengo. »

Je commençais à avoir des sueurs froides et mes yeux se brouillèrent. Jerônimo continuait à répondre aux questions de son voisin.

« Je ne sais pas s'il est mort. On ne laissait pas les enfants s'approcher. »

Je me levai sans m'en apercevoir. Une envie de vomir me tenaillait et mon corps était couvert d'une sueur froide. Je quittai mon pupitre et marchai vers la porte. Je ne remarquai même pas le visage de dona Cecília Paim qui s'était approchée de moi, effrayée sans doute par ma pâleur.

« Qu'y a-t-il, Zézé ? »

Mais je ne pouvais pas répondre. Mes yeux se remplissaient de larmes. Alors, je perdis complètement la tête, je me mis à courir et, sans penser au bureau de la directrice, je continuai à courir. Je gagnai la rue et j'oubliai la route Rio-São Paulo, j'oubliais tout. Je ne pensais qu'à courir, courir et arriver là-bas. Mon cœur me faisait encore plus mal que mon estomac et je courus tout le long de la rue des Indiennes sans m'arrêter. J'arrivai à la hauteur de la pâtisserie, je jetai un coup d'œil aux voitures pour voir si Jerônimo n'avait pas menti. Mais notre auto ne s'y trouvait pas. Je poussai un gémissement et recommençai à courir. Je fus arrêté par les bras puissants de seu Ladislau.

« Où vas-tu, Zézé ? »

Les larmes ruisselaient sur mon visage.

« Je vais là-bas.

— Tu ne dois pas y aller. »

Je me débattis comme un fou sans parvenir à me dégager de ses bras.

« Calme-toi, mon petit. Je ne te laisserai pas aller là-bas.

— Alors, le Mangaratiba l'a tué...

— Non. L'ambulance est déjà arrivée. L'auto, seulement, est très abîmée.

— Vous mentez, seu Ladislau.

— Pourquoi mentirais-je ? Je ne t'ai pas dit que le train avait écrasé l'auto ? Quand il pourra recevoir des visites à l'hôpital, je t'emmènerai, je le promets. Maintenant, viens boire quelque chose. »

Il prit un mouchoir et essuya ma sueur.

« J'ai besoin de vomir un peu. »

Je m'appuyai au mur et il me soutint le front.

« Ça va mieux, Zézé ? »

Je fis signe que oui, de la tête.

« Je vais t'emmener chez toi, tu veux ? »

Je fis signe que non et je m'éloignai en marchant lentement, complètement perdu. Je savais toute la vérité. Le Mangaratiba ne pardonnait jamais. C'était le train le plus puissant qui existe. Je vomis encore deux fois et je vis bien que personne ne se préoccupait plus de moi. Il n'y avait plus personne au monde. Je ne retournai pas à l'école, j'allais où mon cœur me conduisait. De temps en temps j'éclatais en sanglots et j'essuyais ma figure avec la blouse de mon uniforme. Jamais plus je ne verrais mon Portugâ. Jamais plus ; il était parti. Et je marchais, je marchais. Je m'arrêtais sur la route là où il m'avait permis de l'appeler Portugâ et où il m'avait fait faire la chauve-souris. Je m'assis sur un tronc d'arbre et me recroquevillai sur moi-même, mon front sur mes genoux.

Une grande révolte, soudain, s'éleva en moi.

« Tu es méchant, petit Jésus. Moi qui pensais que, cette fois, tu allais naître Dieu pour moi, et tu me fais ça. Pourquoi ne m'aimes-tu pas comme tu aimes les autres enfants ? J'ai été sage. Je ne me suis pas battu, j'ai appris mes leçons, je n'ai pas dit de gros mots ; même pas derrière. Pourquoi m'as-tu fait ça, petit Jésus ? Ils vont couper mon petit oranger et je ne me suis même pas fâché. J'ai seulement pleuré un peu... Et maintenant... Et maintenant... »

Un nouveau torrent de larmes.

« Je veux que mon Portugâ revienne, petit Jésus. Tu dois me rendre mon Portugâ... »

Alors une voix très douce, très tendre parla à mon cœur. Ce devait être la voix compatissante de l'arbre sur lequel je m'étais assis.

« Ne pleure pas, petit enfant. Il est au Ciel. »

À la tombée de la nuit, j'étais sans forces, incapable même de vomir encore ou de pleurer. Totoca me trouva assis sur une marche devant chez dona Helena Villas-Boas.

Il me parla et je lui répondis par un gémissement.

« Qu'est-ce que tu as, Zézé ? Parle-moi. »

Mais je continuais à gémir tout bas. Totoca posa la main sur mon front.

« Tu es brûlant de fièvre. Qu'est-ce que tu as, Zézé ? Viens avec moi, allons à la maison. Je t'aiderai à marcher doucement. »

Je parvins à dire entre deux gémissements :

« Laisse-moi, Totoca. Je n'irai plus dans cette maison.

— Si, viens. C'est notre maison.

— Je n'ai plus de maison. Tout est fini. »

Il essaya de m'aider à me lever mais il vit que je n'avais plus de forces.

Il passa mes bras autour de son cou et me souleva. Il rentra à la maison et il me coucha dans mon lit.

« Jandira ! Glória ! Où sont-ils tous ? »

Il trouva Jandira qui bavardait chez Alaide.

« Jandira, Zézé est très malade. »

Elle vint en grommelant.

« Ce doit être encore de la comédie. Une bonne fessée... »

Mais Totoca était entré dans la chambre, très préoccupé.

« Non, Jandira. Cette fois il est très malade et il va mourir... »

Je passai trois jours et trois nuits sans vouloir rien prendre. La fièvre me dévorait et j'étais pris de vomissements quand on voulait me donner quelque chose à boire ou à manger. Je devenais maigre, maigre. Je regardais le mur, sans bouger, des heures et des heures.

J'entendais qu'on parlait autour de moi. Je comprenais tout, mais je ne voulais pas répondre. Je ne voulais pas parler. Je ne pensais qu'à aller au Ciel.

Glória avait changé de chambre et passait ses nuits auprès de moi. Elle ne permettait pas qu'on éteigne la lumière. Tout le monde était très gentil. Même Dindinha vint passer quelques jours avec nous.

Totoca restait là des heures et des heures avec des yeux agrandis, il me parlait de temps en temps.

« Ce n'était pas vrai, Zézé. Tu dois me croire. C'était par méchanceté. On ne va pas élargir la rue, ni rien... »

La maison était enveloppée de silence, comme si la mort avait des pas de velours. On ne faisait pas de bruit. Tout le monde parlait bas. Maman restait presque toute la nuit près de moi. Et moi, je pensais à lui. Ses éclats de rire, sa façon de parler. Même les grillons, dehors, imitaient le *réquete, réquete* de sa barbe. Je ne pouvais cesser de penser à lui. Maintenant, je savais vraiment ce que c'était que la douleur. La douleur, ce n'était pas se faire battre à s'évanouir. Ce n'était pas se couper le pied avec un morceau de verre et se faire mettre des points à la pharmacie. La douleur, c'était cette chose qui vous brise le cœur et avec laquelle on devait mourir sans pouvoir raconter son secret à personne. Une douleur qui vous laissait sans forces dans les bras, dans la tête, sans même le courage de tourner la tête sur le traversin.

Et les choses empiraient. Mes os trouaient ma peau. On appela le médecin. Le docteur Faulhaber vint et m'examina. Il ne tarda pas à diagnostiquer :

« C'est un choc. Un traumatisme violent. Il ne vivra que s'il parvient à surmonter ce choc. »

Glória sortit de la chambre avec le médecin et lui expliqua :

« C'est bien un choc, docteur. Depuis qu'il a su qu'on allait couper son pied d'oranges douces, il est comme ça.

— Alors, il faut le persuader que ce n'est pas vrai.

— Nous avons déjà essayé par tous les moyens, mais il ne le croit pas. Pour lui, son oranger est une personne. C'est un enfant très étrange, très sensible et très précoce. »

J'entendais tout et je continuais de refuser de

vivre. Je voulais aller au Ciel, et personne de vivant n'y allait.

On acheta des médicaments, mais je continuais à vomir.

C'est alors que se produisit une chose très jolie. Toute la rue se mit en mouvement pour venir me voir. On oublia que j'étais le diable personnifié. Seu « Misère et Famine » m'apporta un gâteau de *maria-mole*. La Nêga Eugênia m'apporta des œufs et récita des prières sur mon ventre pour que je cesse de vomir.

« Le fils de seu Paulo est mourant... »

On me disait des choses agréables.

« Il faut vite guérir, Zézé. Sans toi et tes diable-ries, la rue est d'une tristesse... »

Dona Cecília Paim vint me voir ; elle m'apporta ma sacoche et une fleur. Ce qui eut pour effet de faire revenir mes larmes.

Elle racontait comment elle m'avait vu sortir de la classe, elle ne savait que ça.

Mais ce qui fut vraiment triste, c'est quand seu Ariovaldo apparut. Je reconnus sa voix et fis sem-blant de dormir.

« Attendez ici jusqu'à ce qu'il se réveille, mon-sieur. »

Il s'assit et se mit à parler avec Glória.

« Écoutez, dona, j'ai couru tout le quartier en demandant la maison jusqu'à ce que je la trouve. »

Il renifla longuement.

« Mon petit saint ne peut pas mourir, non. Faut pas l'laisser, dona. C'était à vous, n'est-ce pas, qu'il apportait mes chansons ? »

Glória pouvait à peine répondre.

« Faut pas laisser mourir ce pauv'p'tit gamin. S'il lui arrivait malheur, je ne reviendrais jamais plus dans ce maudit faubourg... »

Quand il fut entré dans la chambre, il s'assit près du lit et garda sa main contre sa joue.

« Écoute, Zézé. Tu dois guérir et revenir chanter avec moi. Je n'ai presque rien vendu. Tout le monde demande : "Eh ! Ariovaldo, où est ton petit canari ?" Tu me promets de guérir, tu me promets ? »

Mes yeux trouvèrent encore la force de se remplir de larmes. En voyant ça, Glória fit sortir seu Ariovaldo parce qu'il ne me fallait pas d'émotions.

Je commençais à aller mieux. Je parvins enfin à avaler quelque chose et à le garder dans l'estomac. Mais quand je repensais à ça, la fièvre augmentait et mes vomissements reprenaient, accompagnés de frissons et de sueurs froides. Par moments, je ne pouvais pas cesser de voir le Mangaratiba bondir et l'écraser. Je demandais au petit Jésus qu'il n'ait rien senti.

Glória venait et passait la main sur mon front.

« Ne pleure pas, Gum. Tout ça va passer. Si tu veux, je te donnerai mon manguier rien que pour toi. Jamais personne ne le touchera. »

Mais à quoi me servait un vieux manguier sans dents, qui n'était même pas capable de donner des mangues ? Même mon petit pied d'oranges douces, bientôt, perdrait sa puissance magique et deviendrait un arbre comme tous les autres. C'est-à-dire, si on lui en laissait le temps, le pauvre.

Comme c'était facile de mourir pour certains. Il suffisait qu'un maudit train arrive, et ça y était. Mais pour moi, comme c'était difficile d'aller au Ciel. Tout le monde retenait mes jambes pour m'en empêcher.

La gentillesse et le dévouement de Glória parvenaient à me faire un peu parler. Papa, lui-même, cessa de sortir le soir. Et Totoca maigrit tant, de remords, que Jandira finit par le semoncer :

« Ça ne suffit pas d'un, Antônio ?

— Tu n'es pas à ma place pour ressentir ce que je ressens. C'est moi qui lui ai raconté. Même quand je dors, je le sens qui pleure contre mon ventre, mais qui pleure...

— Tu ne vas pas pleurer toi aussi, maintenant. Tu es un grand garçon. Et il va vivre. Va donc m'ache-

ter une boîte de lait concentré au "Misère et
Famine".

— Alors donne-moi l'argent, il ne fait plus cré-
dit à papa. »

La faiblesse me plongeait dans une somnolence
continuelle. Je ne savais plus quand c'était le jour ou
quand c'était la nuit. La fièvre diminuait et mes
tremblements commençaient à s'espacer. J'ouvrais
les yeux et dans la pénombre je trouvais Glória qui
ne s'éloignait pas de moi. Elle avait apporté le fauteuil à bascule dans la chambre et, souvent, s'endor-
mait de fatigue.

« Godóia, c'est déjà le soir ?

— Presque le soir, mon cœur.

— Tu veux ouvrir la fenêtre ?

— Ça ne te fera pas mal à la tête ?

— Je crois que non. »

La lumière entrait et on voyait un pan de ciel bleu.
Je regardai le ciel et me mis à pleurer.

« Qu'est-ce que c'est que ça, Zézé ? Un ciel si
beau, que le petit Jésus a fait pour toi... Il me l'a dit
ce matin... »

Elle ne pouvait pas comprendre ce que le ciel
signifiait pour moi.

Elle s'approchait de moi, me prenait les mains et
parlait en essayant de me réconforter. Son visage
était maigre et fatigué.

« Tu sais, Zézé, d'ici peu tu iras bien. Tu lanceras

des cerfs-volants, tu gagneras des montagnes de billes, tu grimperas dans les arbres, tu monteras à cheval sur Minguinho. Je veux te voir redevenu le même, chantant, m'apportant des chansons, toutes ces choses si belles. Tu as vu comme les gens de la rue sont tristes. Tout le monde regrette ton entrain, ta gaieté... Mais tu dois faire un effort. Vivre, vivre et vivre.

— Tu vois, Godóia. Je n'en ai plus envie. Si je guéris, je serai de nouveau méchant. Tu ne peux pas comprendre. Mais je n'ai plus personne pour qui être sage.

— Tu n'as pas besoin d'être tellement sage. Sois un enfant, sois le petit garçon que tu as toujours été.

— Pour quoi faire, Godóia ? Pour que tout le monde me batte ? Pour que tout le monde me gronde ?... »

Elle prit ma figure entre ses deux mains et parla d'une voix résolue :

« Écoute, Gum. Je te jure une chose. Quand tu iras bien, personne, personne, même pas Dieu ne te touchera. Il faudrait avant qu'ils passent sur mon cadavre. Tu me crois ? »

Je fis un hum affirmatif.

« Qu'est-ce que c'est, cadavre ? »

Pour la première fois une grande joie illumina le visage de Glória.

Elle se mit à rire ; elle savait que si je m'intéressais aux mots compliqués, c'était signe que je recommençais à vouloir vivre.

« Cadavre, c'est la même chose que mort, que défunt. Mais ne parlons pas de ça maintenant, ce n'est pas le moment. »

Je pensais qu'il valait mieux ne pas en parler, mais je ne cessais de penser qu'il était déjà un cadavre depuis bien des jours. Glória continuait à parler, me promettait des choses, mais je pensais maintenant aux deux oiseaux, le gorge-bleue et le canari. Qu'en avait-on fait ? Peut-être allaient-ils mourir de tristesse, comme c'était arrivé au pinson d'Orlando Cabelo-de-Fogo. Peut-être avait-on ouvert la porte de la cage pour leur donner la liberté. Mais ce serait comme si on leur donnait la mort. Ils ne savaient plus voler. Ils resteraient bêtement immobiles sur les orangers jusqu'à ce que les enfants les tirent avec leur fronde. Quand Zico n'eut plus d'argent pour garder sa volière d'oiseaux écarlates, il ouvrit les portes et ce fut un massacre. Pas un n'échappa aux pierres des gamins...

Les choses recommencèrent à prendre un rythme normal à la maison. On entendait à nouveau du bruit un peu partout. Maman était retournée travailler. Le fauteuil à bascule avait retrouvé sa place habituelle dans la salle. Seule, Glória demeurait à son poste. Tant qu'elle ne me verrait pas sur pied, elle ne s'éloignerait pas.

« Bois ce bouillon, Gum. Jandira a tué la poule noire exprès pour te le faire. Vois comme ça sent bon. »

Et elle soufflait sur la cuillère.

« Si tu veux, fais comme moi, trempe ton pain dans ton café. Mais ne fais pas de bruit en buvant. C'est laid. »

« Allons, Gum, qu'est-ce que c'est ? Tu ne vas pas pleurer maintenant parce qu'on a tué la poule noire. Elle était vieille. Si vieille qu'elle ne pondait plus d'œufs... »

« Tu as fini par découvrir où j'habite. »

— Je sais que c'était la panthère noire du jardin zoologique, mais on achètera une autre panthère noire beaucoup plus sauvage que celle-là.

« Alors, petit fugueur, où étais-tu passé, tout ce temps ? »

— Godóia, pas maintenant. Si je le bois, je vais me remettre à vomir.

— Si je te le donne plus tard, tu le boiras ? »

Alors, la phrase s'échappa de ma bouche sans que je puisse me dominer :

« Je te promets que je serai sage, que je ne me battrai plus, que je ne dirai plus de gros mots, même pas derrière... Mais je veux rester toujours près de toi... »

On me regarda avec pitié parce qu'on pensait que je parlais à nouveau avec Minguinho.

D'abord ce fut à peine un léger frôlement sur la fenêtre, ensuite ça devint des coups frappés par quelqu'un. Une voix venait du dehors, très doucement.

« Zézé !... »

Je me levai et appuyai la tête au bois de la fenêtre.

« Qui est-ce ?

— Moi. Ouvre. »

Je tirai le guichet sans faire de bruit pour ne pas réveiller Glória. Dans l'obscurité, ça ressemblait à un miracle, tout harnaché, Minguinho resplendissait.

« Je peux entrer ?

— Tu peux, bien sûr. Mais ne fais pas de bruit, elle pourrait se réveiller.

— Je t'assure que je ne la réveillerai pas. »

Il sauta dans la chambre et je retournai dans mon lit.

« Regarde qui je t'ai amené, il a tenu à venir aussi te rendre visite. »

Il tendit le bras et je vis une espèce d'oiseau argenté.

« Je ne vois pas bien, Minguinho.

— Regarde bien. Tu vas avoir une surprise. Je l'ai tout harnaché avec des plumes d'argent. C'est joli, non ?

— Luciano ! Que tu es beau. Tu devrais toujours être comme ça. Je pensais que tu étais un faucon comme celui de l'histoire du Calife Stork. »

Je caressai sa tête avec émotion, je sentis pour la première fois qu'elle était très douce et que même les chauves-souris aimaient la tendresse.

« Il y a une chose que tu n'as pas encore remarquée. Regarde bien. »

Et il fit un demi-tour sur lui-même.

« J'ai les éperons de Tom Mix. Le chapeau de Ken Maynard. Les deux pistolets de Fred Thompson. Le ceinturon et les bottes de Richard Talmadge. Et en plus, seu Ariovaldo m'a prêté la chemise à carreaux que tu aimes tant.

— Je n'ai jamais rien vu d'aussi beau, Minguinho. Comment as-tu fait pour trouver tout ça ?

— Il a suffi qu'ils sachent que tu étais malade pour qu'ils me le prêtent.

— Quel dommage que tu ne puisses pas toujours rester habillé de cette façon ! »

Je regardais Minguinho en me demandant s'il savait le sort qui l'attendait. Mais je ne dis rien. Alors il s'assit au bord du lit et ses yeux débordaient de douceur et d'inquiétude. Il approcha sa figure de la mienne.

« Qu'est-ce qu'il y a, Xururuca ?

— Mais Xururuca, c'est toi, Minguinho.

— Bon. Alors toi, tu es Xururuquinha. Je ne

peux pas mieux te dire ma tendresse qu'avec les mots que tu emploies pour moi !

— Ne parle pas comme ça. Le médecin m'a défendu de pleurer et d'avoir des émotions.

— Ce n'est pas ce que je cherche, au contraire. Je suis venu parce que tu me manquais beaucoup et que je veux te voir à nouveau joyeux et en bonne santé. Dans la vie, tout passe. Je suis venu pour t'emmener te promener. Tu viens ?

— Je suis très faible.

— Un peu d'air pur te fera du bien. Je vais t'aider à sauter par la fenêtre. »

Et nous sortîmes.

« Où allons-nous ?

— Nous allons nous promener sur les canalisations.

— Mais je ne veux pas passer par la rue Baron de Capanema. Je ne veux plus jamais passer par là.

— Eh bien, nous suivrons jusqu'au bout la rue des Écluses. »

Minguinho s'était transformé en un cheval qui fendait l'air. Luciano était en équilibre sur mon épaule.

Dans les canalisations, Minguinho me prit par la main pour que je garde l'équilibre sur les gros tuyaux. C'était agréable. Quand il y avait un trou, l'eau jaillissait comme une petite fontaine, elle nous mouillait et nous chatouillait la plante des pieds.

Je me sentais un peu étourdi, mais la santé que Minguinho me communiquait me donnait l'impression d'aller bien. Au moins, mon cœur battait normalement, sans inquiétude.

Soudain, un coup de sifflet retentit au loin.

« Tu as entendu, Minguinho ?

— C'est le sifflet d'un train. »

Mais un bruit étrange se rapprochait et de nouveaux coups de sifflet fendirent le silence.

L'horreur me paralysa.

« C'est lui, Minguinho. Le Mangaratiba. L'assassin. »

Et le bruit des roues sur les rails grandissait d'une façon terrifiante.

« Monte ici, Minguinho. Monte vite, Minguinho. »

Minguinho ne parvenait pas à se maintenir sur le tuyau à cause de ses éperons brillants.

« Monte, Minguinho. Donne-moi la main. Il veut te tuer. Il veut t'écraser. Il veut te mettre en miettes. »

Minguinho était à peine monté sur le tuyau que le train maudit passa près de nous en sifflant et en soufflant une fumée noire.

« Assassin !... Assassin !... »

Et le train continuait à rouler à toute allure sur les rails. Sa voix nous parvenait, entrecoupée d'éclats de rire.

« Ce n'est pas ma faute... Ce n'est pas ma faute... Ce n'est pas ma faute... Ce n'est pas ma faute... »

Toutes les lumières de la maison s'étaient éclairées et des visages à moitié endormis firent irruption dans ma chambre.

« C'était un cauchemar. »

Maman m'avait pris dans ses bras.

« Ce n'était qu'un rêve, mon petit, un cauchemar... »

Je recommençai à vomir tandis que Glória racontait à Lalà :

« Je me suis réveillée quand il criait assassin. Il parlait de tuer, écraser, mettre en miettes... Mon Dieu, quand tout cela finira-t-il ? »

Mais quelques jours après, ce fut fini. J'étais condamné à vivre, vivre. Un matin, Glória entra, rayonnante. J'étais assis dans mon lit et je contemplais la vie avec une tristesse infinie.

« Regarde, Zézé. »

Elle tenait dans ses doigts une petite fleur blanche.

« La première fleur de Minguinho. Bientôt, ce sera un oranger adulte et il commencera à donner des oranges. »

Je caressai la fleur blanche. Je ne pleurerais plus pour quoi que ce soit. Même si Minguinho essayait de me dire adieu avec cette fleur, il quittait le monde de mes rêves pour le monde de la réalité et de ma douleur.

« Maintenant nous allons manger un peu de purée et faire un petit tour dans la maison comme hier. Je viens tout de suite. »

C'est alors que le roi Luís monta sur mon lit. Maintenant on le laissait venir près de moi. Au début, on ne voulait pas qu'il soit impressionné.

« Zézé !...

— Qu'y a-t-il, mon petit roi ? »

C'était vraiment lui, le seul roi. Les autres, les rois de trèfle, de carreau, de cœur, de pique, n'étaient que des images salies par les doigts des joueurs. Et l'Autre, Lui, n'était pas parvenu à être vraiment un roi.

« Zézé, je t'aime beaucoup.

— Moi aussi, mon petit frère.

— Tu veux jouer avec moi, aujourd'hui ?

— Oui, je jouerai avec toi, aujourd'hui. Que veux-tu faire ?

— Je veux aller au jardin zoologique, et puis je veux aller en Europe. Et puis je veux aller dans les forêts de l'Amazonie et jouer avec Minguinho.

— Si je ne suis pas trop fatigué, on fera tout ça. »

Après le café, sous le regard heureux de Glória,

nous partîmes vers le fond du jardin en nous donnant la main. Avant d'arriver au poulailler, je me retournai et je lui fis un signe d'adieu. Le bonheur éclatait dans ses yeux. Moi, dans mon étrange précocité, je devinais ce qui se passait dans son cœur : « Il est retourné à ses rêves, merci mon Dieu ! »

« Zézé...

— Hum.

— Où est la panthère noire ? »

C'était difficile de tout recommencer sans croire aux choses. J'avais envie de lui dire ce qui existait vraiment : « Petit nigaud, il n'y a jamais eu de panthère noire. Ce n'était qu'une vieille poule noire que j'ai mangée dans un bouillon. »

« Il n'y a plus que les deux lions, Luís. La panthère noire est partie en vacances dans les forêts d'Amazonie. »

Il valait mieux lui conserver ses illusions le plus longtemps possible. Quand j'étais petit, je croyais aussi à ces choses. Le petit roi ouvrit de grands yeux.

« Là, dans cette forêt ?

— N'aie pas peur. Elle est partie très loin, elle ne retrouvera jamais le chemin pour revenir. »

Je souris avec amertume. La forêt d'Amazonie se bornait à une demi-douzaine d'orangers épineux et hostiles.

« Tu sais, Luís, Zézé est très faible, il faut rentrer.

Demain on jouera mieux. Au téléphérique du Pain de Sucre et à ce que tu voudras. »

Il acquiesça et revint lentement avec moi. Il était encore trop petit pour deviner la vérité. Je ne voulais pas aller près du ruisseau, du rio Amazone. Je ne voulais pas contempler Minguinho privé de sa magie.

Luís ne savait pas que cette fleur blanche avait été notre adieu.

8

Il y a tant
de vieux arbres

Il ne faisait pas encore nuit quand la nouvelle avait été confirmée. Il semblait qu'un nuage de paix était revenu et planait sur notre maison et notre famille.

Papa me prit par la main et, devant tout le monde, m'assit sur ses genoux. Il se balançait lentement dans le fauteuil pour que je n'aie pas le vertige.

« Tout est terminé, mon petit. Tout. Un jour tu seras un père à ton tour et tu découvriras combien sont parfois douloureux certains moments de la vie d'un homme. Il semble que rien ne réussisse, et ça provoque un désespoir terrible. Mais maintenant, c'est fini. Papa a été nommé gérant de la fabrique de Santo Alexio. Tes chaussures ne resteront plus jamais vides la nuit de Noël. »

Il se tut. Lui non plus n'oublierait jamais ça pour le reste de sa vie.

« Nous allons beaucoup voyager. Maman n'aura plus besoin de travailler, tes sœurs non plus. Tu as encore la médaille avec l'Indien ? »

Je fouillai dans mes poches et trouvai la médaille.

« Très bien. Je vais acheter une autre montre et y mettre la médaille. Un jour elle sera à toi... »

« *Portugâ, tu sais ce que c'est, carborundum ?* »

Et papa parlait et parlait, sans s'arrêter.

Sa joue barbue qui frôlait ma joue me faisait mal. L'odeur qui se dégageait de sa chemise usagée me donnait la nausée. Je me laissai glisser de ses genoux et allai jusqu'à la porte de la cuisine. Je m'assis sur la marche et regardai mourir les lumières dans le jardin. Mon cœur s'était révolté sans colère. « Que veut cet homme qui me prend sur ses genoux ? Ce n'est pas mon père. Mon père est mort. Le Mangaratiba l'a tué. »

Papa m'avait suivi, il vit que j'avais à nouveau les yeux pleins de larmes.

Il s'agenouilla presque pour me parler.

« Ne pleure pas, mon petit. Nous allons avoir une très grande maison. Une vraie rivière passe juste derrière. Il y a beaucoup d'arbres, très grands, ils seront tous à toi. Tu pourras fabriquer des balançoires. »

Il ne comprenait pas. Il ne comprenait pas. Jamais aucun arbre ne serait aussi beau que la Reine Charlotte.

« Tu seras le premier à choisir les arbres. »

Je regardais ses pieds, les doigts sortaient des savates. C'était un arbre. Mais un arbre que je ne connaissais presque pas.

« Autre chose encore. On ne coupera pas de si tôt ton petit pied d'oranges douces et quand on le coupera, tu seras loin, tu ne t'en apercevras pas. »

Je m'agrippai à ses jambes en sanglotant.

« Ça ne sert à rien, papa, ça ne sert à rien... »

Et en regardant ses yeux qui étaient aussi pleins de larmes, je murmurai comme un mort :

« On l'a déjà coupé, papa, il y a plus d'une semaine qu'on a coupé mon petit pied d'oranges douces. »

Confession finale

Les années ont passé, mon cher Manuel Valadares.
J'ai maintenant quarante-huit ans et parfois, dans
ma nostalgie, j'ai l'impression que je suis toujours un
enfant. Que tu vas apparaître à l'improviste et
m'apporter des images de vedettes ou bien des
billes. C'est toi qui m'as appris la tendresse de la vie,
mon cher Portugâ. Maintenant, c'est à mon tour de
distribuer des billes et des images, car sans tendresse
la vie n'est pas grand-chose. Parfois je suis heureux
de ma tendresse, parfois je me trompe et c'est le plus
fréquent.

En ce temps-là. Au temps de notre temps, je ne
savais pas que, bien des années avant, un Prince

Fou, « l'Idiot » agenouillé devant un autel, demandait aux icônes, les yeux pleins de larmes : « *Pourquoi raconter les choses aux enfants ?* »

La vérité, mon cher Portugâ, c'est qu'à moi, on les a racontées très tôt.

Adeus !

Ubatuba, 1967.

José Mauro de Vasconcelos, né à Rio de Janeiro en 1920, avait dans les veines du sang d'Indienne et de Portugais. Il avait pratiqué tous les sports et fait un peu tous les métiers, y compris du cinéma et de la télévision. Il a écrit une quinzaine de livres célèbres au Brésil. Il appartenait à ce genre d'écrivains qui, pour connaître à fond le pays où ils situeront leur roman, parcourent des milliers de kilomètres, s'installent sur place, vivent parmi les gens qui peuplent leur récit. Rien de tel pour *Mon bel oranger,* où il n'avait qu'à puiser dans ses souvenirs d'enfance. José Mauro de Vasconcelos est mort en 1984.

TABLE

PREMIÈRE PARTIE

SECONDE PARTIE

C'est alors
qu'apparut le petit Jésus
dans toute sa tristesse

Composition JOUVE – 53100 Mayenne
N° 294768r
Imprimé en Italie par G. Canale & C. S.p.A. - Borgaro T.se (Turin)
Mars 2002 – Dépôt éditeur n° 21610
32.10.1882.3/03 – ISBN : 2.01.321882.6
Loi n° 49-956 du 16 juillet 1949 sur les publications destinées à la jeunesse.
Dépôt légal : avril 2002